「女媧摶黃土作人，劇務，力不暇供，
乃引繩絙於泥中，舉以為人。
故富貴者，黃土人；
貧賤凡庸者，絙人也。」

《太平御覽》卷七十八引《風俗通義》

香港孤兒

梁倉 著

目錄

序

千夫長

小說寫作是需要才華的。梁倉創作的這部小說展示的就是才華。

小說命運感強，讀起來引人入勝。開篇就交代父母皆去世，確定了一個孤兒的命運基點。在香港，一個懸浮海外的孤島與孤兒，有著意味深長的關聯。文化無依託，精神亦飄零也。歷史上，分一次，孤一次。孤島，孤兒，文化之孤，血肉之孤，物質之孤，精神之孤也。當48歲的陳家強又成了孤兒的時候，曾經的喧囂能夠塵埃落定嗎？

正因為命運之孤，才強調家的重要。一個陳家強，兩個葉家家，時光交錯，令人恍惚，家家家，這就是香港人恪守的生活精神，要有家，然而，家在何處？物質之家，父母之家，情感之家，精神之家，文化之家，心靈之家，家的根在哪裡？兩個葉家家搶媽媽，媽媽是家嗎？是什麼樣的母親？精神之母？文化之母？血緣之母？兩個葉家家都放棄了陳家強，陳家強又是什麼？

這就讓我有了興趣來探討香港人的精神內核是什麼？這個是需要追問的。香港的精神內核顯然也是人類共有的一部分精神，應該是豐盈多彩的，能發現多少，就看你經歷體驗了多少。我們可以在閱讀小說中大概梳理一下：香港精神之一，注重個人尊嚴，小說的細節處處體現，是港人的風骨；之二，安守本分，不越界。這個是香港人經歷了特殊時期自覺遵守的文明規則；之三，認命。這是對傳統文化像媽祖一樣的恪守；之四，內心深處對愛情的追求，亦是符合亙古不變的天道人心；之五，尤其是人的內心煎熬的精神苦難，在微小情緒中構建精神堡壘；之六，精神不是空虛，是精神被慾望添得太滿，混雜；之七，遵守「法無可恕，情有可原」，追求法治精神，並明白法治對人類文明秩序的意義；之八，在所謂國家民族尊嚴及個人尊嚴選擇中傾向個人，崇尚人性；之九，自覺承擔責任，尤其教育責任；之十，善於思辨，是精神內核之高尚一面；之十一，長期忍受分離和孤獨之痛，鍛造忍耐意志；之十二，享受溫水煮蛙的生活，不輕易反抗，珍惜眼前的平安是福；之十三，海洋文化發達通闊，知道世界的真相，不願妥協，卻又無能力改變，而堅韌地選擇苟且過活。我覺得這不是平庸，是人的正常生活，也是人應該遵守的基本生存精神。之十四，對外衝撞開合的香港大局和港人保守的內心生成了一種迥異的精神質感。

於是，我們來看人物。小說裡人物的設定是有講究的，多數出身新聞、出版、律師、老師、學生、畫家，皆貼近文化精神之元素也。人的分類，書的分類，文化分類，精神分類，是一件困難的事兒。一個文化人，在社會上總是不得體，手足無措，是一種人性的真實，現實生活很少有活得那麼淡定的。這不是時代的簡單錯位，是人類一開始的基因就錯位了，造人的女媧在暴亂鞭打中放置錯了，靈魂和肉體多數都是不相符的。錯位的靈魂只能在夢幻和魔幻中游盪。芷若，唯唯，都很卡爾維諾，他們的存在就是不存在，這種現實中的不存在就是文學存在。最有意味的是幾個前妻都像一個隱喻，美好、高貴、富有、然而短暫，令人不斷懷想，很像香港曾經的歷史。尤其，女方總是很強，似乎一個美好的女王國度。拋棄妻子，也是一種拋開傳統文化精神的隱喻，讓人在沉思中疼痛。

小說以神話開篇，表達了人類糾纏不休的政治語言和情愫。梁倉的文字乾淨俐落，毫無口水。語言密度很大，敘事情緒有壓迫感，讓人很快融入其中，身臨其境。作者最大的文學才華主要表現在小說的敘事情緒上，這是一個妙不可言的感覺，無法教會，唯靠天分。敘事情緒裡充滿怨氣，情怨、民怨、貧怨、命怨，怨氣沖天，作者在人的角度讓人物生怨，窮其一生都迷失在情感和理想之間。如果信仰上帝，與主同在，用主的眼光看世界，一切都變成了寬恕和愛，怨氣蕩然無存。當然，這個愛非通俗港臺作家曾經流行的那種雞湯炫情之愛，也非簡單的愛之殤。

小說敘事繁複，幾個人物，幾種人稱交換出場。讓敘事豐富化，魅力化，神秘化。倒敘、插敘交叉進行，夢境和現實，歷史和今天，呈現出極高的小說敘事技巧。也給了閱讀者更多的閱讀視角和思考法門。

小說的故事背景中學和中學圖書館選得好。圖書館，乃人的精神糧倉也。這與作者梁倉的名字諧音相吻合，作家就是建造精神糧倉的。書架上的書，呈現的都是精神肌理。古華生說得好「這些書雖然被移到別處，可能不見天日，但是只要有一個有緣人拿出來看，這本書就擁有比其本身更高的價值和尊嚴。」 這是第一流的讀書人，遇上，是寫書人的幸運呵，也是書的幸運。書和人共命運了。

戲劇接觸多了，進入小說這種文學生態，帶來了戲劇的結構和影子，梁倉在故事中很注重衝突感。小說在於往小了說，小是細節，說是講述，敘事也。建議還是不要有劇本感，作者定要深入敘事裡面去，而非在旁邊做戲劇的導演。一個情節，戲劇化的「見到」與小說敘事的「發現」是有區別的。

在香港精神中一個重大的求證就是，尖子山上女媧摶土造人，她選中的尖子是不是真的人類尖子，是怎樣？不是，又如何？成了尖子就上天堂，普通人就下地獄嗎？難道普通人是罪人嗎？貧窮或當普通人就是審判的結果嗎？最後審判是一個有疑問的問題。早就發生了嗎？審判的地方沒有時空嗎？看人類的精神史，似乎一代一代都在等候著接受最後的審判。小說最後回到了小教堂，精神才有了真正的歸附，我想這比審判重要，這會讓在孤島的孤人不孤。畢竟，人活著需要一種精神力量支撐。陳家強在小說結尾進入了宇宙，有了一個精神遼闊的大格局，但是也看清了女媧的尖子山上和《最後的審判》之東西方文化在香港不是和諧的融合，而是混合。

這本書名，我主張用《香港精神》，雖然寫的是香港蟻民之生活，但是，天道人心的精神內核或許就存在於蟻民之中。原書名《尖子山下》，雖然很文學，但文學是屬於邊緣類型的，尤其香港，這本書很快會被各種向中心湧動的紛雜符號所淹沒，露不出一點尖子來。新書名《香港孤兒》準確了，為香港精神呈現了一個文化概念，不僅文學，包括人類學、社會學等，我想這個書名應該會不斷地引起思考和討論，並且，內涵不斷地豐盈，外延不斷地發酵。當然，最好的期待是能夠掀起閱讀熱潮。

2017 年 6 月 11 日
寫於廣州番禺碼頭書房

千夫長簡介：

千夫長，當代小說家。中國作家協會會員。1962 年出生於內蒙古自治區哲里木盟科爾沁左翼後旗，屬虎，獅子座，蒙古人。出版著作：紅藍綠蒙古小說三部曲《紅馬》《長調》《草原》，中篇小說三部曲《鼠的草原》《汗的羔羊》《馬的天邊》，長篇小說《中年英雄》，中短篇小說集《草原記》，中國首部手機小說《城外》，散文集《野腔野調》《世道》等。

楔子

轟轟隆隆的巨響不斷，我被嘈吵的聲音弄醒。眼前滿是泥土山丘，仔細看清楚赫然發現是一堆堆泥做成的人，有些泥人開始活動起來。我爬起身來，身邊也堆滿泥人，有的睜開眼睛奇怪地看著我，有的伸出手來好奇地四處摸索。我低頭看看自己雙手，發現我也是用泥造成的。泥人們裸露出泥黃的身體，堆疊在一起，我艱辛地從泥人堆中站起身來，四周張望尋找發出巨響的位置。我回頭一看，突然看見一個龐大的身體遮蓋了半邊天空，巨大豐滿的胸脯擺動空氣，散發出清勁的涼風。汗水淋漓流過曲線玲瓏的乳房，流過如甘甜菩提充滿汁液的乳頭。我吞下滿口的唾液，以解一時的乾渴。她性感的胴體充滿活力，如龍捲風一樣席捲大地，把一切拉扯到颶風之內。我的心靈已經在風中打滾，不停圍繞著颶風中心旋轉，而風眼裡面就是眼前的巨人，渺小的我遊走著她身軀的每一處，慾望和興奮產生了勇氣，甘心樂意付出性命來換取這份歡愉。

我跨越一個又一個泥人，一些沒乾透的被我踩陷了腦袋，一些伸出手來的被我衝擊弄斷手臂，有些乾涸的被我使力撕裂胸膛，有些阻擋住我前路的被盛怒的我肢解。我為了接觸巨人的身軀，兇殘並不擇手段往她那處前進衝鋒陷陣，不知多少泥人成為我慾望下的亡魂。我身心興奮不斷，加速前進，終於到達巨人的修長美腿，我爬上她圓渾的臀部，流連兩腿之間。我被中央幽黑的密林吸引，我差點被那裡瀰漫著誘惑的氣味迷暈而墮落無底的深淵。我竭力抵抗，一口氣目不轉睛地爬上她纖細的腰間，爬上她豐滿的胸脯，爬上她性感的頸項，爬到她誘惑的紅唇，爬到她迷人的眼睛。我完全被她迷倒，她散發著性慾的荷爾蒙，我的血液被催促凝聚在一處，顫抖的身軀震盪著無比的興奮，高潮快要從高漲畢直的陽具洞口爆發出來之際。我看到眼前的一座高山，山上放滿一個個手工精緻的美麗泥人尖子，無論男女都具有仙氣般的美貌和誘人的身軀。我透過巨人的瞳孔反映我的影像，我的樣貌身形跟這些山上的精品比較實在相差甚遠了。此時巨人剛完成一個精雕細琢極具仙氣的女泥人，把那個精緻的女泥人放在尖子山之巔，然後吹一口氣，女泥人立即活起來。這個仙氣少女實在太漂亮了，就算山上其他俊美的泥人也不自覺地朝她方向仰望。巨人應該很滿意這個作品，臉上露出滿意的笑容。然後巨人大動作地伸懶腰並清理黏在身上的失敗次貨，把他們拋到山下堆積的小山丘上。我猛然驚覺我就是這些次貨，是被巨人拋掉的其中之一，我全身不再是情慾興奮的顫抖，而是茫然而生的恐懼。巨人隨手把身邊地上的泥人山丘撥成一堆，有些已經活起來的泥人走避不及被壓迫在人堆中，她用手搓揉了數下來混合泥土，活泥人的叫喊聲被泥土封鎖。巨人似乎顯得疲累，她望向四周，滿地次貨泥人圍繞著尖子山。她從泥土裡拉出一條粗大的藤蔓，把它拆斷造成一條長鞭。然後粗暴地用腳掌撥開貼近尖子山的泥人，踩壓地上的泥土，活的泥人驚慌四散逃跑，但巨人隨便跨出一步就輕易解決逃跑的泥人。她小心地不傷害到山上的尖子，揮起鞭子拍打混和地上的泥土，活的泥人身軀被打得爆開混合死的泥土，打起的泥花散落形成一個個新泥人，有的傻頭傻腦，有的身體殘缺、有的平庸愚劣，全命名為「綑人」。巨人懶得遂一吹入氣息，只向天吹一氣讓氣隨便散落。活起來的綑人走到尖子山下避開再次鞭打，而且開始服侍山上的尖子。尖子們看到巨人原來是為他們製造服役，登時興奮不已叫囂喊好。巨人被尖子們的熱情叫喊而感動，更加落力打造綑人。日落時分，原來滿地的次貨泥人山丘已被轉變成千上萬的綑人，包圍在尖子山下。巨人終於停下來，她看到身上爬上很多如我一樣的次貨，於是用手撥弄清除。有些次貨直接掉進綑人堆裡淹沒在人海之中，有些次貨幸運地飛到尖子山上，但還未站定就被尖子們推下山，活埋在綑人中。有些落在山腳的努力攀爬，既要避開尖子們攻擊，同時竭力抓住山邊不讓自己掉進綑人堆。有些落在離尖子山較遠的綑人堆中的次貨，很快就組黨結派互相攻擊侵佔地盤。有些次貨群黨組成聯盟，企圖攻擊尖子山。高高在上的尖子早已看到危機，立即向巨人求救。巨人轉身看到想反抗自己的泥人黨羽，她毫不猶豫跨出一大步踩下，怒踏這批造反的污泥，瞬間把造反的移為平地。我要感謝這批造反的次貨，弄得巨人疲倦要躺下休息，我逃過了被撥打的厄運。我正想爬離巨人身體時，她可能覺得我是蒼蠅，用力揮手撥開我，我頓時往上迅速攀升，衝力盡處我差一點可以觸摸到穹蒼天頂。當衝力去勢完結，我身軀墜下。在這個高處我望盡天下，尖子山被四周茫茫人海包圍，匿藏的次貨們乘巨人睡覺重整旗鼓，同時尖子山上的俊男美女開始爭奪地位高低，更多的男尖子為爭奪那個超越一眾女尖子的仙氣少女而大動干戈，弄得世間烏煙瘴氣。我望向那山巔上的仙氣少女，我認為我盡得天時地利，遠超過地上群黨的次貨和山上的尖子。我充滿自信地伸展四肢，讓空氣承托我的身軀，我幻想自己成為獵鷹能在空中飛翔，看準目標向著那仙氣少女高速俯衝。

第一章

陽光燦爛的日子。

陳家強，一個很普通的名字。是父親給我的，聽媽媽說父親希望我能夠興起家族、強大富裕。是聽媽媽說的，因為父親在我小時候已經離開了我們。也是聽媽媽說父親是海員，一次行船後就失去音訊，留下我和媽媽。到我大學畢業時，媽媽因勞成疾而離世。如此，我在二十二歲成為了孤兒。

陳家強從學校走出來，拿著厚厚的手提包，慢慢地走路回家。約走路十分鐘左右，到達一個小型住宅社區，那裡是包括大型公共屋邨、居屋和私人住宇的混合區，其中公屋大商場和室內市集是這個住宅區日常生活用品的主要購物集中地。每天他必從學校走路回家，途中會到商場的超級市場購買當天的晚餐材料。他喜歡大型連鎖超市的整潔，不喜歡到傳統市場，討厭市場裡的潮濕和氣味。今天，他買了一包已調味的梅菜肉餅、一包菜心、一包內附一條整理妥當的紅衫魚、蔥及薑片。陳家強再行走多五分鐘左右，回到自己寓所的大廈地下大堂，打開信箱取信件。然後乘升降機回到家裡，陳家強放下公事包，脫下皮鞋放在門口旁邊的鞋櫃內，並小心準確地把一雙鞋子平行放置。同時他會檢閱整個鞋櫃內的一雙雙鞋子，也確保每一對是平行整齊。他滿意了鞋櫃的狀況後，就走入廚房，將剛買回來的東西放下，拿出透明膠杯，將兩杯份量的白米放入電飯煲的內部盛器中，用自來水清洗白米，平放手背量度需要多出的清水份量，用毛巾抹乾盛器的表面，再放回電飯煲機身內，關上蓋子，按下電飯煲電源掣。然後家強將梅菜肉餅放在瓷碟上，把紅衫魚清洗，仔細清洗魚鰓和胸腔內除掉的內臟部份，最後清洗菜心。然後將梅菜肉餅整碟用不鏽鋼架放進開始半熟米飯的電飯煲內。

我在一間歷史悠久的中學當歷史教師二十年，一個好普通的教師而且教一科沒有多少學生及家長喜歡選讀的科目。生活在香港，就如媽媽時常掛在口邊說我們這些窮人能夠爭兩餐飽肚已經心滿意足，還想奢求什麼！是的，還想奢求什麼呢？如我這些普通人可以讀完大學，有個教席。工作十年已經可以擁有屬於自己的一間房子，雖然每個月要付上半個月多的薪水清還銀行貸款，生活還可以兩餐飽肚之餘，也可以有點娛樂。比較起部份香港人來說，我已經是非常富有了！非常富有？唉，擁有一間房子就是真的富有嗎？幸運是我早期就置業，現在在數字上我也真的是數百萬富翁呢。

我最大的娛樂就是看書，每逢假日我喜歡逛不同大小的書店，一家一家地打書釘，喜歡的圖書就買下來。所以我這間五百多平方尺兩房一廳的房子，書本佔去了整個房子五成以上的空間。沒有電視，只有工作上必須要用上的手提電腦，也慶幸地有了這部電腦，可以連繫世界看到不同的書本，而減輕了我買書持續佔去住房空間的情況。

陳家強離開廚房，拿起手提包放進書房的椅子上，然後走到睡房更換在家穿的便服。他小心翼翼地將西褲放在床上對著褲骨摺好，用手刀掃平，才放在掛衣架中央的橫條上。然後將白色襯衫套在衣架外，並扣上白色襯衫衣領的鈕扣，整理好筆挺的衣領。他將這套上班的衣服放進衣櫥裡，仔細移動衣櫥裡的衣物，確保衣物之間有足夠的空間，不致衣物互相壓迫而弄皺。細看一下，衣櫥的衣物和鞋櫃裡的鞋子是差不多同樣款式，有如長得差不多的孖生兄弟一樣。陳家強確定一切妥當，最後把皮腰帶捲成圓形放進抽屜裡。他穿上輕便衣服走回書房，把手提包內的學生習作和當天要完成的工作放到書房桌子上。然後返回廚房，點著煤氣爐，燒紅平底鑊後加食用油，油滾後放下薑片，再放上紅衫魚中火煎，食油最理想是浸過半邊魚身份量，當煎魚香味產生時，可多待一至兩分鐘，才翻轉魚身煎魚的另一邊。如是者反覆多次，魚身呈金黃色即可上碟，留下的食油就用來炒菜心。

當然曾經佔去住房的不只有書本，也有我的前妻。她是我大學時的同學，不過她是讀經濟的。她說她喜歡我的書卷味，因為她整個家族也是從事與經濟相關的工作，不是銀行家，就是金融從業員，也是支持整個香港經濟的主柱。換言之，她和她的家族都是香港的尖子一族。而我的書卷氣正好是填補了她的某些缺乏，也成為她在尖子家族的反叛表現。年輕的反叛當然不會持久，兩年的婚姻，只有第一年是和諧的，其他時間實在太多不滿⋯⋯當然，是她對我的不滿較多。我這香港普通市民，怎可以把書卷氣保鮮，吸引著這位香港尖子呢！如是者，我再次成為孤兒。

陳家強與前妻離婚時，前妻收拾了她的東西，放進跑車上離去的景象歷歷在目。自此以後，他的生活方式沒有任何改變。此時，白米煮成熟飯，連同一碟梅菜肉餅就有一頓三餸晚餐，當晚吃不完的他會放進飯盒留作翌日午飯。陳家強飯後清洗好碗碟便洗澡，然後到工作桌上完成當天的工作。

我生活了四十四年，沒有如父親的希望興起家族，因為整個家族就只有我一個人。也沒有強大富裕，因為我是一個把一半多的月薪負擔每月供樓的假富戶。我人如其名的普通，是一個住在香港的普通蟻民。

* * * * *

陳家強從學校大樓獨自走向圖書館大樓。

今天，是暑假開始，也是學校搬遷到新校舍的工作啟動的日子，雖然我要在結業禮後到下學年的開學禮之間的四十九天完成工作，但我仍然難得的非常興奮，因為這是我教書以來最重大的工作！我的責任是要將超過半個世紀，用作圖書館的歷史大樓內的所有書籍及文件，分類和紀錄。然後交給學校決定命運，可以搬在新校舍延續生命，抑或被運到堆填區永遠的埋沒在垃圾堆之下，它們的命運完全掌握在我的手上。那份莫明的興奮，就如我突然變成神一樣，擁有至高無上的地位。當然，當老師也有特權，因為我負責校內的歷史學會和中國文學會，順理成章地這兩個學會的同學就成為幫手。不過，大家沒需要為我高興，兩個學會其實也是同一個學會，因為是同一批學生……不，是同一個學生，兩個學會唯一的會員，她……叫葉家家。我第一次見葉家家是在前年她剛轉校到來，讀香港的末代預科班。

那天下午，葉家家推開大門，就放聲大喊：「陳家強老師在嗎？」

陳家強正在門口旁邊的借書處整理文件，聽到這個沒規矩的居然在圖書館內大喊大叫，實在忍受不了，氣得跳起來大罵：「誰人沒有規矩，竟然在圖書館大聲說話！」

葉家家冷冷地站在大門前，很優雅地伸出手指著陳家強：「是老師，你！」

我才恍然大悟，我剛剛出口大罵不也是破壞了圖書館規矩？堂堂老師居然犯規，被這個初次見面的學生指著，她一幅高昂氣燄，我永遠都記得。那刻，我知道那個學年並不容易渡過，因為我將會面對著這個難攪的學生。後來她主動直接地做了圖書館管理員，她差不多每天放學後也到來，走遍整個圖書館每一角落。我不知道她是真的看書抑或是在尋找東西，又或者兩者皆是。

葉家家加入了歷史學會之後，便埋首在圖書館的書櫃間。她必定走到一排一排的書櫃，仔細地一本一本書看。有時呆站在書架前一個小時也沒動、有時是蹲在書架之間的地上、有時爬上六尺高梯去拿八尺高書架頂的東西，險象環生。

好不容易一年過去，這個末代預科生也完成了她的歷史使命。而我，陳家強剛才完成了今年的結業禮後，也要迎接成為神一樣的使命。

* * * * *

陳家強站在那超過半世紀的大樓圖書館前，仰望這棟三層高大樓，它是採用維多利亞式設計，紅磚牆身、列柱迴廊圍繞、大門前的麻石階梯，走廊上掛著如走馬燈般典雅的帶有中式味道的吊燈，顯出中西文化曾經在這處交流融合的痕跡。他深呼吸了一口氣走上石階推開大門，大門旁邊掛著一幅佔據整幅牆壁，文藝復興時代的偉大的藝術家米開朗基羅獨一無二的繪畫傑作，西斯汀禮拜堂的壁畫「最後的審判」複製品。

地下大廳直通二樓三樓天花板，一支敞大的吊燈是仿古電燈，它盡力隱藏著年歲不去破壞這裡的和諧，可是每當天色昏暗或者晚上，當它亮起一個個「慳電膽」時，又白又硬的光就出賣了它呢。聽說校務處原本還打算把這些「慳電膽」全部更換成 LED 燈膽，因為校舍搬遷而擱置了。在大廳上二三樓走廊四邊包圍，大門對上的走廊只是夠兩人並排而行，而牆壁開啟了窗戶，故此沒有放置任何東西，讓陽光直接照進大廳內，在清晨和黃昏會不經意地流露出驚艷色彩。大門左邊是借書處角形的長桌及職員室，文件書本雜物亂七八糟地放在上面，內裡放置了兩張留下了歲月磨鍊過的痕跡或許是與這棟建築物同齡的木椅子。右邊是休憩處，擺放了舊式梳化及雜誌架，供老師職員及學生閱讀。大廳中央放置了數排長桌及椅子，算是看書自修之用吧。不過這些傢俱是金屬、膠料及纖維夾板造成，總是顯得和這裡不配搭。縱使這些傢俱也留下了不少傷痕，但相比這裡的書架而言，這些傷痕算不上什麼了。在數排長桌三邊圍繞了一排排書架，原來是放滿了各式各樣的書籍。當中參考書籍佔了大部份，可以理解這座圖書館的功能是幫助學生的學業為主。理所當然地這些具有助學功能的書籍不會列入陳家強的生死冊上，而自動並提早搬到新校舍的「提升教學功能館」。而真正屬於圖書館意義的書籍只可以在大廳牆角的小部份書架或移步上二三樓尋找。大廳左右兩邊空間不大，只足夠放置大約八尺長的書架，大概放了十排書架左右，為了不阻擋窗戶透入光線，書架均垂直牆壁而放置，餘下的空間也是剛夠二人並排而過。從兩側窗戶透入的光線，被書架和迴廊稍稍阻擋，增添一份詭異陰鬱。走過大廳中堂，後方的凹陷位置是房間，二三樓還保持著磚牆和柚木門，牆壁頂仍見一框框的木窗子，是往時用作空氣流通之用。但地下的房間牆壁已不知何時被拆去，留下兩條分隔三間房間的柱子。房間的深度正好放置兩組八尺長的書架，還可以在牆壁與書架、兩組書架之間留下通道。近牆壁的通道更足夠擺放一張小桌子可供二人對坐，排列在窗戶之前。對應大門位置是後門，但是已經被封起來，那裡也放置了一張桌。當日光強烈時，從大廳中央望進去，一道道書架的黑影隙縫間透出白天，也是另一番味道。

陳家強打開大門後，進入大廳中央。自動升遷的「功能」書籍已經放進紙箱，大部份也移到特別為它們在新校舍而設的「提升教學功能館」內。因為這類書籍不用花時間考慮，於是早於前天他已偷步搬遷起動工作。反正這些書籍不列入他主權之下，盡快處理好省略他的工夫。還有些未完全封箱的放在長桌上等候安置。他經過凌亂的長桌，繞到深入大廳後方的凹陷的空間，打算繼續工作。彷彿間看到一個人影在書架隙縫的白光中，他凝視那深入房角的書架間隙，那個位置甚少有學生進入，因為那地方不是放置功能書籍的，而且更是不主流、不是大師的著作。他好奇的慢慢行進去，輕輕地穿越書架，從書架間繞行，透過丟空了的書架窺探那人。漸漸地，他走近了那人，同時他的瞳孔也適應了光暗，可以看清楚那人的輪廓。

「噢！原來是葉家家。」在陳家強驚訝之時，看見了她雙眼泛出淚光。

陳家強立即屏氣凝神，不動聲色站在原來位置。他心想女性流眼淚非同小可，無論成熟女人、年輕少女、純情學生妹或可愛女嬰，都足以用眼淚攻陷所有男人。自古不少英雄豪傑也是跨倒在女人的眼淚之下。更何況是這個普通男人！看著葉家家的淚水，沾在她那年輕白滑透紅的臉頰上，男人對年輕少女的著迷偷偷產生，火熱使心跳加速蒸發出來的汗水怕被別人窺見般在髮根間流竄，一些沒有按耐得住的居然跑出來，在額頰上激動喧嘩。這個意念閃出的一刹那間，敗壞道德的罪咎感如炸彈般轟炸，爆炸的火焰頃刻燒紅了滿臉的羞恥。陳家強雙腿一下子發軟往後倒下，雙手因失重即時反應往四周瘋狂搜索可以依靠的東西，碰撞中抓住了背後的書架，身體抓緊了靠背總算沒有出醜倒下，但是書架因為衝撞而發出的聲響，使葉家家發現了他。陳家強剛好穩定了身體，忙亂中用手按住書架不致搖擺摩擦發出聲音。然而，這一系列滑稽的動作正正給葉家家看見。

空氣靜止了。

白滑透紅帶著淚痕的臉頰，雙眼泛起淚水顯得分外明亮，收緊了的兩片薄薄的咀唇，向我發出誘人的求救，她的美麗使我重拾青春的感覺。我激動不已，但警號也在內心深處響起。我僵硬的身體戴上這一臉迷惑，心跳加速的聲音響徹雲霄……我被熔化了！葉家家緊緻的咀唇緩慢微張，彎曲了的咀唇露出白齒，翹起的咀角把我的靈魂硬生生地勾離軀殼。

陳家強的靈魂出竅，墮落在葉家家身上。

「嘻！」的一聲，警醒了陳家強的靈魂返回身體。

「嘻嘻！老師，你好嗎？」葉家家問候陳家強。

葉家家突然從悲傷中轉過笑臉，清楚表現出她看見了我。但是原本她的情緒如烏雲密布，轉過頭來就可以突變得如此陽光燦爛。神真的是用男人的肋骨製造女人的嗎？為什麼女人是這麼變幻莫測？難道那條肋骨因為不情願下被分離而懷恨在心，向所有男人報復？無論如何，我剛才色瞇瞇的眼神和滑稽的動作，完全粉碎了作為老師的尊嚴。我這個普通老師再降為一個普通男人，一個普通的咸濕中坑！呀！……「咸濕中坑」！我什麼時候成為大多數少女討厭的「中坑」（香港用語，形容中年男人，帶戲謔意味）？我不禁打了個寒襟，心想我沒法接受這個事實。四十四歲、孤獨生活、沒老婆、沒女朋友、連朋友也不多，交際應酬的全是學校同事……假如，家裡的書本變為成人電影影盒，我就是一個百分百的「變態咸濕中坑」。原來老師與「咸濕中坑」的差別就在書本和影盒呢……幸好我家中沒有電視機，更沒有播影機。若果家家來到我家也不會懷疑我是個「變態咸濕中坑」吧。……噢！手提電腦。現在成人網站不計其數，若她看見我家的手提電腦也會懷疑我的……噢！為什麼家家會到我家去？我想家家到我的家做什麼？……家家？為何我叫她叫得如此親切的？

陳家強越想越糊塗，他的思想如踩入泥沼般不能自拔。

「是……你好！你好！家……葉……家家，你好！」陳家強的腦袋在混亂中立即重整對策，為挽救老師的尊嚴作出最後反擊。同時站穩身體，暗裡不動聲色地深呼吸一口氣：「葉家家，你在這裡幹什麼？……你不是已經畢業了，還考進大學？你不預備好去成為大學生，還在這幹嘛？」

一口氣吐出義正辭嚴具有老師尊嚴的說話，好把我在這個女孩面前救回多少地位……至少他是這樣的想法。

陳家強腦海內充斥著自我掙扎的激烈思辯。

「我找到了！老師，我找到了。」葉家家興奮地說。

葉家家突然抒發出難掩的興奮，湧出的淚水混雜著喜悅直撲過來。不單是她的情緒，是她真的整個人撲過來擁抱著我。這一刻，我剛才腦海幻想的畫面又再出現，心想現在葉家家真的在我家裡那就更好了。

午後的陽光從二三樓的窗戶照進大廳，照亮整個圖書館。而陳家強和家家正好躲在地下凹陷的空間，在相對漆黑的一角擁抱著。陽光中的塵埃懸浮在空中閃爍也凝聚凍結起來，連空氣也和陳家強一起在黑暗中屏息。他合上眼睛，臉頰靠近葉家家靠在他肩膀上的髮絲。

假如可以把時間停頓下來就多好！

我忍不住輕輕地用雙手按在家家纖細的腰上。

* * * * *

時間沒有停止下來。

當然，世界不會因我這個普通人而停止，更枉說世界末日，我想我沒有這樣的榮幸看著天空打開，神子從天降下的時刻。普通人的審判，早在我們出生時已經定下了，一生活在煉獄裡受苦。我天生就是一個普通材料，就算自己多麼期待擁有不一樣精彩的人生，我這個中年男人兼中學老師只會享受空想的興奮，那有勇氣行動迎接精彩人生的刺激呢！所以，我和家家沒有往我家跑去狂歡，而是在陽光照耀下到圖書館大樓側半露天的走廊咖啡閣的椅子坐下。說起咖啡，不可不提Starbucks的熱潮掀起香港的咖啡文化，大型商場、屋苑、街頭巷尾均有Starbucks的存在，真可以媲美「梗有一間喺咗近嘅7-11」。學校也不甘後人覓地辦咖啡閣，其實是不想學生流連在Starbucks這類咖啡室，因為只要在校區附近的咖啡室，就會成為不同學校學生聚集、自修甚至是補習的地方。學校恐怕本校學生與其他學校學生有非校方正式的交往，就自設咖啡閣讓本校學生有一個清幽寧靜的休息空間。但有些同事就有不同想法，他們覺得這個咖啡閣是為校方高層而設，因為這裡售賣的咖啡比較貴，說是名貴品種的咖啡，但是事實有多少學生可以負擔呢？慢慢這個咖啡閣成為了老師和學校職工聚集休憩的地方。今天是結業禮，學校職工及老師們辛苦了一整個學年，難得可以休息半天，大多數人已經下班離開學校，那有像這個無所事事的「中坑」還留在學校工作。所以咖啡閣是日休息，沒有新鮮咖啡，我從自動販賣機買了兩罐罐裝咖啡。我把一個罐裝咖啡給了家家。看見家家手中拿著一本簿子，是手製釘裝成的。

「這……個是什麼？」陳家強好奇地問。打開罐裝咖啡，大口地喝。

「是我媽媽寫的劇本。」家家接過咖啡就把它放在桌上。

葉家家，她也算是半個孤兒。我只知道她是由婆婆撫養長大成人，我並不太認識她。這一刻感到非常羞愧！作為她的老師，原來我對學生的背景一無所知。

「你媽媽寫的……」陳家強努力思考如何使她不會發覺到他的無知和羞恥。「……你媽媽的劇本……為何會放在學校圖書館？……學校圖書館只可以本校學生、職工、校友進入……啊喲！你媽媽是這裡的舊生？」他終於整理好思路。

「老師果然是聰明人。嘻！……或許老師認識我的媽媽呢。」

「也有可能，我在這裡教了二十年書，也許我認識你的媽媽。」

「這是媽媽在讀書時候與爸爸一起寫的劇本，這本是第二幕。」

「和你爸爸一起寫的？……那你的爸爸也是這裡的舊生？」

「或許老師也認識我的爸爸呢。」

「也有可能，我在這裡教了二十年書，也許我也認識你的爸爸。」

「我找了一整個學年，一個一個書架翻，一本一本書看。」

「哦！我明白了，你轉校的一天就跑來圖書館大叫就是因為這個。」陳家強指著那本劇本，隱約看到頁面的筆跡。

「嘻！因為我知道管理圖書館的老師也是教歷史和中國文學的老師囉。」

「你一定是向學校校務處打探消息。」

「嘻！」家家搖頭。「我在三個月前找到第一幕。這個圖書館真的亂七八糟，很難找東西。幸好圖書館要搬到新校舍，把書架清空，我才能找到第二幕。」

「那……這個劇本有多少幕？」

「四幕。」

「那麼還要尋找兩本。」

「是的。」

「所以……」

「所以，這個暑假我會每天到來尋找……這幢大樓要拆卸前的時間是最後的機會了。」

陳家強心裡立即泛起莫名的興奮。其實，他也一早打算找家家幫忙，因為家家是學會唯一的會員，現在就不用多此一舉，反正她天天都到來。陳家強望著葉家家，她望著劇本，仔細地撫摩著。他同時發現那罐咖啡還原封不動地被棄置在桌上。

「你不喝咖啡嗎？」

「我喝。」家家沒有看我便回答。

「那你為什麼不喝？」

「罐裝咖啡不是不喝，而是只喝已經拉開的。」家家也伸出手指指著咖啡。

「把它拉開便是可以喝呢，很簡單吧！」陳家強覺得莫名其妙。

「老師！」家家睜大眼睛。

「什麼？」

「唉！果然是老宅男。」家家低頭嘆氣輕聲說，然後伸手向我。「這樣子怎樣拉開罐裝咖啡！」

「啊！你的手受傷了嗎？……」陳家強仔細看家家的手，外表很柔軟潔白，他差點用手握住她的手，幸好他的手只輕微動了一動，沒有被誘惑得逞。

「老師，我不是受傷，是這個。」家家反過手垂直放在我面前。

「葉家家，你又作弄老師。」他給她弄糊塗了，一時間不知她要表達什麼意思。

「老師，請你仔細看我的手指。」

「我已經很仔細看了……很纖細、很白滑、很美麗的手……」

陳家強的右手已經失控地在家家的手指邊緣游走，只差零點零壹毫米的距離，兩指感受到正負極電子互相摩擦產生的火花。火熱的燒燙感覺從手指傳到身體，先是心跳加速，再把雙頰燙紅。

「嘻嘻！老師，是我的指甲。」家家用勁把手掌震動並強調搖擺的手指。

「噢！……指甲……是指甲……那，即是什麼意思？」陳家強仍然是一片茫然。

「老師！我剛造完美甲啊！」家家再強調擺動手指。

「哦！很漂亮。每隻指甲也不同顏色，還有……這是真的鑽石嗎？很多碎碎的鑽石，閃閃發光……唔……美甲跟罐裝咖啡有什麼關係？」他還是被弄得糊塗。

「老師！如果我用這隻手指去拉開罐裝咖啡的蓋，就會弄斷這麼漂亮的指甲！你是沒有女朋友嗎？還是從來沒談過戀愛？你不知道女孩子有多重視雙手的漂亮？不單單是皮膚要白滑柔軟，指甲也要漂漂亮亮，金光閃閃。」

「嘻……」陳家強急忙為她拉開罐裝咖啡的蓋，準備伸手遞給她之際。

「女孩還要時刻保持清潔和衛生。」家家冷冷地說話的同時已把紙巾遞給他，她看他不明白她的意思，怒目瞪著他用手勢解釋要抹淨罐裝咖啡拉蓋開口的四周。陳家強立即急忙跟著做，然後才把罐裝咖啡遞給她。家家拿過罐裝咖啡呷了一口便放回桌上。陳家強心想終於完結這個罐裝咖啡話題，立時放下心頭大石般鬆一口氣。

「老師，你應該多些跟女生來往，怎麼連這樣罐裝飲品的小事也不注意，怪不得你沒有老婆呢！」

我曾經有過老婆……只是已是二十年前的事了……罐裝咖啡的話題不是完結了嗎？還可以引伸到我老婆呢！我突然感到委屈，很介意家家說的話。或許這是正中我的遺憾，沒有好好維持婚姻。可是就算我再付出十倍努力就可以保持婚姻嗎？我不曾努力過嗎？為了滿足她和她的家族，曾幾何時我也嘗試放棄當老師的理想。理想，只是年輕人的奢侈品，不屬於我這個「中坑」。理想，曾經是某人燃燒我年輕青春的火熱，現在已經被歷史的沉澱塵封了。某人，我突然泛起了他的回憶，是他改變了我的人生價值，他擊破我老媽的認命啞忍的做人態度，取而代之是活好每一天，就算是多普通的人，只要學懂珍惜喜悅地渡過每一天，多普通的人也活得幸福。但是，這個人生價值就被我前妻一下子打得破碎，原來我如何珍惜，如何喜悅也沒能力去改變另一個人。正如她和她的家族也沒辦法改變我一樣，我不可以改變自己從普通人成為尖子。這個遺憾原來是出生前已經確定了！

「老師！沒有老婆不要緊。我來做你女朋友。」家家似乎意識到他的不悅，說罷就把椅子拉近他，用雙手挽著他的手，把頭斜倚在他的肩膀。家家只用了兩三個清脆利落的動作，陳家強就已經感覺溫暖快樂。

「喂！老師和學生不可以談戀愛的，別人會怎樣看我們。」陳家強立即推開家家，慌張地四周張望擔心被別人看到。雖然陳家強非常希望成真，但是他和家家的身份，他們如何面對？師生戀！老師的專業和尊嚴一瞬間會被消滅。

「老師！你太認真了。我說笑而已！」家家似乎再次感到我的不安和內心掙扎，把手甩開了笑著說，年輕少女的可愛多麼迷人。突然又一臉認真：「我現在已經不是你的學生，若是做你的女朋友，也不用理會別人的眼光。老師，拿點勇氣幻想一下。有幻想就有夢想，有夢想才有理想，有將來。」

陳家強居然反過來被家家教訓。可是他沒有幻想嗎？剛才就開始一直幻想著，只是他不願意思考下去：「葉家家，不要再拿老師開玩笑，這個不是開玩笑的題目。」鼓起勇氣握緊拳頭輕輕敲落家家的額頭，這是他第一次接觸家家的身體，雖然是零點零壹秒的時間，他心裡的火熱卻升溫激烈地燃燒。

「嘻嘻！那就換過另一題目吧。」家家從她的手提包內取出另一本手製釘裝的劇本，遞給陳家強：「老師，給你看。這是第一幕。」

「在我孤獨的時候遇上你——劇本——第一幕」陳家強把劇本頁面的標題讀出。「是說什麼故事的？」他往下望。「葉香香。」

葉香香？噢！葉香香？在腦海的記憶片段突然湧現。是她？是她！我瞪大眼睛望著家家大聲說出：「葉香香，是你媽媽？」

「是。我剛才不是說老師你或許認識我媽媽呢。」家家一早知道陳家強認識她的媽媽。

「那你父親……」陳家強正想說出名字之際。

「就在媽媽名字下面。」家家用那彩色閃爍的手指指一下劇本。

「古華生。」是他。當年他兩人將學校弄得天翻地覆。

「我剛才不是說老師你或許也認識我爸爸呢。」

正午的陽光透過樹梢間的葉縫照下，微風吹動了樹梢，穿過葉縫間的陽光如波浪反映光照，閃爍著迷霧般的光影波紋。

「是，我在這裡教了二十年書，也許我認識他們……葉香香、古華生……」

陳家強抬頭呆望著樹梢葉片間縫隙擺動的天空，陷入回憶的思緒中尋索那段時光的影像。閃爍的蔚藍色光芒，被火紅的時代劃過而染得通紅。

* * * * *

香菸的煙霧隨著呼吸在空中翻滾。

夏天的陽光燦爛照耀校園旁的圖書館大樓，陳家強躲在大樓旁邊較幽靜的一角抽煙。自從香港政府決定全港禁煙政策，陳家強只在家裡抽煙。他怕在街上抽煙，被學生看見會有損老師身份，若學生向校長打小報告，自己更會在校內惹上麻煩。所以寧願忍受一下煙癮，也不貿然在公眾地方吸煙。但是，卻給家家這個孩子挑起往事，也不禁要抽一回香菸來冷靜情緒。陳家強坐在大樓旁邊，背靠窗下吞雲吐霧。

突然，背後窗門打開，家家伸出半身低頭喊：「老師！你還未休息完嘛？我開始把K行的書本拿下來分類，發現那裡的書是沒有分類的，包含很多不同種類……好像這本無名氏著的《北極風情畫》，旁邊是一堆歷史書本……」她隨意打開一頁讀：「『真奇怪，您的談吐一點也不像軍人，倒很像詩人哪！』」她用一種很神秘的眼色望我。『一個軍人難道不能兼一個詩人？』我問她。『軍人和詩人正是相反的兩種存在，二者絕對不能合在一起』，『我的意思正相反，一個最好的軍人也正是一個最好的詩人……』」

「『所謂詩人，是指那些生命最具有深刻理解力的人。軍人在火綫上，幾乎每一秒都在生與死之間徘徊，對於生命他自然的具有深刻理解力。不過，一般軍人並不如此。古往今來，願意兼任詩人的只有兩個人……一個是拿破崙，一個是我。拿破崙一生太走運，太有辦法了，所以非兼為詩人不可。我呢，一生太不走運，太沒辦法了，所以也非兼做詩人不可……』《北極風情畫》……」

「那是放在K行的，為什麼K行是這麼混亂的？」

陳家強強烈地跳起來，嘴巴裡半支仍燒著的香瘀被他跳起的力量彈出半空，翻了兩個圈打滾落在地上，陳家強急忙用腳踩熄燃燒著的香菸，不致香菸燒著雜物發生火災。他一輪瘋狂滑稽踩踏草地，才把燃燒著的香菸弄熄。他上氣不接下氣，呼吸急促地瞪眼向著家家：「K……K行……是不用分類的……呵……呵……」

葉家家雙手托著頭，倚在窗台看著這樣子像傻瓜般的男人：「老師……你一定是不肯花時間做運動的，四肢很不協調呢……不，是很遲鈍呢！」

「葉家家！你不要不尊重老師，呢……老師年紀不小，反應是有些遲緩，是正常的……那K行是老師前輩的私人藏書……所以沒有分類。」陳家強順過氣來，呼吸恢復正常。

「私人藏書？為什麼會放在學校圖書館呢？」家家好奇地問。

「是……他……已經離開了……」陳家強若有所思：「我還是弄不明白……為什麼人可以為愛情陪上生命？」陳家強看見葉家家不太明白的樣子，補充說：「這本書的女主角是為愛情自殺……」陳家強百思不得其解，假如男女有情人真的是命中注定，為何我們要談一次又一次的戀愛？而又一次又一次失敗呢？……問世間情為何物？直教生死相依……但是又有多少人會看愛情比生命更重要？

「越是低頭尋覓，越是執迷自我而固執，越是看不見另一半已在身邊。老師，你也不要太執迷，太感觸昔日呢！你……」葉家家望著浸淫在回憶中的陳家強而停止說話。

「我媽媽時常說我們這些窮人能夠爭兩餐飽肚已經心滿意足。耳濡目染下我一直安守本份不敢越界……直到我認識了前輩，讓我認識到就算是多普通的人，只要學懂珍惜喜悅地渡過每一天，多普通的人也活得幸福……」雖然陳家強說得豁達，但他臉色卻迷茫失落。「原本他改變了我更積極地生活，後來一切……卻一下子將我的人生打得破碎……最後的審判對每一個活在世上的人早已出現，誰可享受天堂黃金的國度就成為尖子，誰要落入煉獄火燒就去做個普通人吧。人間是天堂也是煉獄，命運已經安排了我們的一生，這就是最後的審判。」陳家強落寞失意，再拿出一支煙點燃。陳家強再次墮入他的回憶中，他的身體如失去了靈魂，點煙吸煙的動作如機械般，燃點的香菸夾在他的雙唇之間，任意地自我燃燒，薄弱的一絲煙縷如美女纖細的腰部搖擺上升。

* * * * *

陳家強獨自在圖書館關閉所有窗戶，由於前幾天天氣酷熱，他把圖書館內全部的窗戶打開，誰料到天文台將會於凌晨發出八號烈風信號，他急忙在晚上加班把各個門窗鎖緊並設法加強保護。他從三樓開始一個一個窗子，先用皺紋膠貼將每一片玻璃貼上大交叉以減少玻璃被強風吹破後造成的碎塊，再把木窗門關好。但是，晚上風勢越來越強烈，烈風併著雨水瘋狂地打落他的身上。陳家強拼命關窗子的同時，要保護圖書館內的圖書不要被風雨損害而顯得狼狽不堪。強風好像從四方八面同一時間侵襲圖書館大樓，原本已經殘破的大樓，早已失去玻璃片的窗戶、窗戶外的木窗門被銹蝕的門鉸、殘缺了的透氣用的百葉簾木片塊、失去的窗門橫木栅鎖不住窗門……阻擋不了風雨，無孔不入，整個圖書館大樓有如發怒的巨獸吞噬人類般狂號。陳家強與風雨搏鬥了數個小時已經筋疲力竭，孤獨無助，無力地站在地下大堂中，看著圖書被巨獸任意摧殘，陳家強極度憤怒，卻因無力反抗而自責。

天神、造物主！你們造物後無所事事以摧殘眾生為樂嗎？你們可有感受到被造的人類生活多困苦？還是你們只會看顧你親手扭造的富貴人，其他不合你們心意的貧賤凡庸的就只為富貴人的生存而存在嗎？……一個普通人如我也會為竭力保護一本書，擔心它被破壞而感到心痛，你們呢？你們只會在那裡嘲笑我們不自量力……我只想普通地過我的生活！在這個地方生活，沒有戰爭摧殘、沒有政治迫害、沒有家庭負擔、沒有感情責任……安定繁榮，只要有兩餐糊口，生活無缺……我只想普通地過我的生活而已……偏偏你們就是喜歡妒忌人類得到幸福。

雖然陳家強因心情紊亂而非常憤怒，但他只是在心裡發洩，這是他一直抑制情緒的方法，就算母親離世那天，他外表看來也是非常平靜，只是默默地依據負責人的指示站在靈堂，由於賓客稀少，他很多時都是走到內堂母親遺體旁邊呆站，只是望著生活磨鍊留在母親臉上的痕跡，思考人生在世只有勞碌地為口奔馳，如此這般匆匆一生，而且還有三個星期就可以看到兒子成家立室，難道這就是普通人的命運？陳家強的思想從母親喪禮那天逃脫，返回如巨獸咆哮的八號暴風攻擊下的圖書館大樓。他無力地跌坐地上，與書本們一起任由風雨蹂躪。

「老師！你想圖書館水浸嗎？」突然，葉家家出現在圖書館內。

「家家……葉家家？……你為什麼會出現？」陳家強瞪著傻眼，意想不到家家的出現。

「我打了多次電話給老師，沒有接通……我猜老師應該在這裡。想不到我猜測準確。嘻！老師光想不動的話，圖書館就變成水塘，全部圖書真的要報銷作廢了。起動吧！」

葉家家說罷放下背包，走到圖書館的窗戶處，把窗門關上。那些已經破掉成壞了的，她用強力膠貼把包裝圖書的膠料將整個窗戶封閉。陳家強看著對抗著強風的葉家家，敬佩她一介女流擁有男人般的力量，反觀自己卻顯出渺小軟弱。一股保衛男人尊嚴的力量激盪他的心頭，陳家強再次站起來，昂首環顧四周，面對暴風巨獸鼓起一股誓不低頭的勇氣。

* * * * *

翌日陽光燦爛的日子。在圖書館旁邊的空地地上鋪上膠料，被暴風雨弄濕的圖書一本一本排列有序，享受日光浴的治療。

陳家強站在二樓窗內，從那裡可以看到地下圖書館大樓旁的咖啡閣，充滿朝氣的葉家家在旁邊的空地地上鋪上膠料，她哼著歌舞動著跳躍般的身體，將被暴風雨弄濕的圖書一本一本排列有序，利用烈日陽光把它們曬乾，陳家強看見葉家家不禁羨慕她的年輕活力，同時也唏噓失去了的青春，已經一去不返，他的人生只有向著死亡而完結，安份守己地完成作為一個普通人的命運。他腦海浮現出以前的生活片段……

因為母親去世，原本要延遲的婚禮卻因為女方家長們堅持而被迫依期進行。當天，在儀式酒會前，陳家強站在化妝間的鏡前，把扣在外衣上表示喪親的黑色布片除下，他呆望著鏡子裡自己的反影。陳家強自大學畢業後，放棄教師的夢想去到妻子家族的公司工作已經三個月時間，人浮於事的無力感越來越強，對前路感到迷茫失去了方向。他心裡曾經思想著應該為了愛人放棄理想，抑或為理想放棄愛情？但是成家立室和供養母親的理念早已植根在他的思想中，而且母親「認命」的觀念也成為他的人生指標，從小就決定他要成為「普通人」的人生。所以，姑且他思想上為理想掙扎的力量有多大，他的行動仍然依舊，甚至他的母親在三個星期前過世，正所謂「屍骨未寒」，他仍然沉默地接受妻子和她的家族的決定依期進行婚禮，這個情況更使他憎恨自己的軟弱。陳家強看著鏡裡的影像，他不禁發現這不是自己而是一個陌生人，而且是一個沒用的軟弱的懦夫。

陳家強站在二樓窗內看著充滿活力的葉家家，他羨慕她的青春，因為她擁有自己失去的二十年的時間，她的未來充滿生機。而他自己卻已經是一個熟透的生果，正慢慢邁向枯萎死亡。

此時，電話鈴聲響起，把陳家強從悲哀的人生中拉回現在。

「陳老師，我剛才經過圖書館，看見有學生晾曬風暴期間弄壞的圖書。其實新校舍圖書館空間不是太大，為騰空更多地方，我想你清理掉這些弄壞的圖書，掉棄也好或是送給別人也好……」校長突然發出的指示。

陳家強一時不懂回應，慣性地用應對校長的說話回答：「是……是。」

「陳老師，那就麻煩你了。」說罷校長掛線。

陳家強思想整理過來回頭看窗外，放在地上的圖書如屍體般排列。

「圖書也邁向枯萎死亡？它們還可以被人閱讀，對人還有價值呢……是不可能掉棄的……難道要把它們送給別人，不負責任地任由他人處置？」

陽光燦爛，照耀大地。學生及教職員在咖啡閣閒談說笑，葉家家仍然歡欣地晾曬圖書。

＊　＊　＊　＊　＊

夏天的陽光燦爛照耀校園旁的圖書館大樓內，陳家強坐在職員室內的工作空間的椅上，他把葉家家給他的劇本第一幕看完，將劇本放在工作檯上。他倚在椅背上伸直身子鬆弛一下肌肉，突然，葉家家在職員室門外大叫。

「老師！……我已經把地下的書本分好類別入箱封好了。」

陳家強再次被葉家家突如其來的大叫嚇倒，剛好倚著椅背伸直的身體從側面倒到地上。陳家強非常氣餒地爬起來，躲在工作檯下乾脆坐在地上。他覺得在葉家家面前已經失去一切老師應該有的尊嚴，真找不到方法彌補四肢遲鈍的天性，多次被這個可愛的女生看見如傻瓜般滑稽的陳家強，再努力也挽回不了。陳家強用手托著腮在地上打坐沉思，在老師尊嚴的失落太虛中飄流。

葉家家見陳家強倒下後沒有回應，於是進入職員室走到他的工作檯前，她故意放輕腳步慢慢地走近。葉家家看見陳家強背著坐在地上，笑聲從心裡跳出來，同時她爬上檯面把身體承托，如飛行般登陸在陳家強旁邊。她的臉貼近他的臉：「老師……」

陳家強感到面部被一個柔軟溫暖的東西貼近，他感受著一股溶化冰塊般的暖流傳遞。陳家強從老師尊嚴的失落太虛中重返回地球的重力，他再次証實地球的重力系數是均衡不變的，他又一次被葉家家嚇倒地上，因為他感受到、感覺到、觸覺到、觸摸到，而且是用面部觸摸到葉家家柔軟溫暖的少女蛋臉。

「家……家家……葉家家！你想把老師嚇死才安心嗎？」陳家強生氣地。

「老師，我見你在地上遲遲未起來，擔心你嘛。」葉家家用雙手托著頭躺在工作檯上，年輕少女不經意的姿態，兩團胸部豐滿的肉從闊領的短袖汗衫露出來。

陳家強爬起來坐在地上，抬頭望向葉家家，視線角度剛巧落在這偷偷跑出來乘涼的雙乳。他不由自主地定睛望著那雙豐盈的肉團，被粉紅色的胸圍包裹著，胸圍隨著身體的郁動與乳房時而貼近時而分離。在一剎那的電光火石中，疑似乳暈的圓點若隱若現，陳家強的目光完全被那兩顆圓點吸引著，屏息凝神去攝取那瞬間分離所帶來的興奮，不自覺地用力吞嚥口水。

葉家家發覺陳家強定睛呆望著自己，但視綫聚焦在她的臉下，她隨著他的視綫往下望，發現闊衣領出賣了她的一雙乳房。她立即用手按住胸口，一個轉身坐在檯上。

陳家強從陶醉中覺醒，滿臉通紅，尷尬非常。

葉家家看見陳家強尷尬的樣子，感覺非常可愛，不禁把剛才的惱怒消退，還給他下台階：「老師，我已經把地下及二樓的書本分類了，多數書本是中國歷史及中國當代文學，有小量古典文學及藝術，一些功具書也放在一起但是沒有把箱子封好，待你過目後才決定去留……而K行仍原封不動，等候你裁決定斷。」

陳家強看見葉家家的態度，似乎沒有發現他的無禮，心中不禁鬆一口氣：「哦……好……好好……你工作效率真高，只用了不到四個星期時間已把這麼多的書本分類妥當……好……好好……葉家家……真是……好……好好……」

「老師！我知道我『好好』了，不用不停如播音機重複……老師，既然你也覺得我『好好』，不如你再考慮我做你女朋友吧！」葉家家半帶玩笑地說。

「葉家家！……你……」陳家強很有自知之明，心裡非常願意葉家家成為自己的女朋友，但現實是殘酷的，如此可愛美麗的年輕女生，怎會認真地喜歡像自己一樣的中年宅男？生活無趣味、刻板、固執、只想不做……他越想越憤怒，非常嚴正地訓話：「葉家家，我最後一次警告你，不要拿老師開這樣的玩笑。」

葉家家看見陳家強這樣的反應不禁也生氣來，從工作檯跳到地上，拿走檯上的劇本，然後很大聲說：「我就永遠不跟老師開玩笑。」說罷便氣沖沖地向職員室門外跑去，臨近門口時沒有回頭大聲喊道：「那些被弄濕後曬乾的圖書，為什麼會放在一角？而紙箱上畫了一個紅大交叉記號？」

「哦……那些圖書……校長吩咐我把弄壞了的圖書丟棄，騰空新圖書館的空間……」

「吓！」葉家家怒氣沖沖轉頭望向陳家強：「這些書只要有一個有緣人拿出來看，這本書就擁有比其本身更高的價值和尊嚴……老師怎可以隨便輕易放棄任何一本書！……我找校長理論。」

「葉家家……」陳家強話未說完，葉家家已經跑出門外。

陳家強從地上爬起來，拍打身上的灰塵，聽到外面收拾東西的聲音，然後急步跑的聲音，然後大力關門的碰撞聲音，然後圖書館內一片寂靜。他慢慢走出職員室看著倘大的圖書館地下大堂，黃昏的陽光從窗戶照進，一扇扇白光漸變得金黃，頓時把圖書館變成黃色的如舊照片般的顏色。他看著清空了的書架、包裹好的紙箱、還有一本書伶仃地橫放在最接近職員室門外的閱讀檯上，陳家強走到閱讀檯前拿起那本書，書面貼上一張便條寫著「已拿走第一幕，請看第二幕。」他回頭穿過職員室的門框看，第一幕的劇本果然在工作檯面消失了。陳家強站在一扇扇黃金色的陽光下，獨自一人在這個半世紀的建築內顯得分外孤單。他抬頭望向光照之處，剛巧看到夕陽西下，有感而發：「是非成敗轉頭空，青山依舊在，幾度夕陽紅。」黃金色的斜陽光照越變得金黃璀璨。

*　*　*　*　*

葉家家已經十天沒有出現，陳家強開始感覺到失落，心裡時常掛念著葉家家，擔心著她的情況。陳家強在圖書館二樓的房間內，差不多完成一半二樓圖書分類及存箱包裝的工作。嚴夏酷熱的天氣，在設有空調的房間工作也使人汗流浹背。他深呼吸後投入工作，從書架把圖書拿下來看，然後決定分類，地上放置著數個打開的紙箱，紙箱邊緣夾上不同顏色的硬皮紙寫著「中國歷史」、「西方歷史」、「神話寓言」、「中國經典文學」、「外國經典文學」、「中國近代文學」……等等，及「不作任何分類」和「永不超生」。陳家強每拿下一本書，均會看書名、作者、作者簡介、內容簡介，有時因為有些書本沒看過，還會看看內容。所以，花上十天時間工作，只完成不到三樓圖書一半的分類。原本興致勃勃的他，以為可以擁有神一樣的能力控制生死，但是他開始發現到這並不如想像般刺激好玩和滿足。事實上，有時他會為分類而煩惱，好像這本《山海經》，放在「經典文學」或「神話寓言」並不完全準確，更不是「歷史」

分類，但它也包括「地理」，又如《易經》是放在「中國經典文學」或是「玄學、占卜、命理」，如果屬於前者就可以保留，但如果是後者學校不主張迷信學說，結果就是被捨棄。但是一本經典著作是根據什麼準則被分類，不同時代不同國家均有不同。難道把《西遊記》看作怪力亂神導人迷信之作？《玉蒲團》被定性禁書就永遠被消滅嗎？他會因為思考一本書的確實所屬分類而找上一整天思想辯論中。

十天前，葉家家怒氣沖沖轉頭望向陳家強：「這些書只要有一個有緣人拿出來看，這本書就擁有比其本身更高的價值和尊嚴……老師怎可以隨便輕易放棄任何一本書！……」同一句說話，葉家家比前輩說話的氣勢更洶湧。

陳家強用手巾抹去面上的汗珠，望向窗外的景物，這個窗戶正看得見地下圖書館大樓旁的咖啡閣，零星的學校職工及一些穿便服的學生聚在一起在樹蔭下閒談。陳家強把窗門打開，戶外的涼風比室內的空調更清爽。他深深地吸一口新鮮空氣，合上雙目感受一下清風下陽光送來的溫暖，然後回頭看著清空的房間，不禁孤單感覺突然湧上心頭，嘆息道：「唉……家家十天音訊全無，真令人擔心！」

陳家強心裡突然發現自己很久沒有擔心另一個人，差不多二十年的獨身時光，已經習慣了除自己以外，沒有要關心、要擔心的人。這種感覺不禁使他想起初認識他的前妻時，朝思暮想的單思之苦。當時他剛考進大學，還是半工讀的他，天天踩著單車上下課。有一天，他下課後如常踩著單車急急趕往市中心一間餐廳當什工，他從山上沿馬路往下行，快到大學的車站時，一個少女不知什麼原故跌倒在馬路上，千鈞一髮之間他急促地把單車剎停沒有撞上少女。當他扶起少女時就被她清秀脫俗的高貴氣質吸引著。而少女為感謝他，隔天在車站等他並送上午餐。自此他把少女認定了是自己的未來妻子，他更努力讀書和工作，每天挑燈夜讀，感到疲倦時看著檯上少女的相片就能增添力量。當時他天天都掛念少女，但他告誡自己必須完成學業，學有所成有能力負擔照顧她時才向她表白。這樣子渡過了數年大學生活，直到他畢業前，他決定表白。當日情景，陳家強歷歷在目。

大學時代的陳家強，戰戰兢兢地拿著一封信在車站等待他的情人，今天他特別緊張，因為他決定向情人表白心跡。他正在反覆練習一會兒要說的話：「心愛的，你是我的天使，你是我前路的明燈，你是我帆上的風，你是我心靈上的活水……」陳家強自言自語：「這樣語氣說話似背書……要改一改……曾經我問我自己，我生存的意義，我百思不得其解。不明白人類存在的目的，雖然達爾文的進化論說人類是從人猿進……唉呀！上哲學課嗎……」他再轉換語氣：「緣份將我和你，一對南轅北轍的人相遇相知相愛，你是我的命運……」陳家強感覺這段說話內容和語氣比較合適，面露自信的笑容。

突然，他的情人在陳家強背後出現，原來她已經站在那裡一段時間，觀看陳家強的彩排。陳家強看見情人在眼前，立刻緊張起來，結巴巴地背誦式的語氣：「緣份……」

「嘻……」陳家強的情人看見他口齒不靈非常惹笑，接著嘴巴忍著不想在這樣浪漫的情況笑出來。

陳家強繼續說：「……命運使我在茫茫人海中憑著心靈的感覺尋找到另一半……」並伸手給情人一封信。

她打開看，信內是一張信紙，上面寫了「山無陵，江水為竭，冬雷震震，夏雨雪，天地合，乃敢與君絕！」

「而我心裡強烈地感覺到你就是我的另一半，我向你發誓：『山無陵，江水為竭，冬雷震震，夏雨雪，天地合，乃敢與君絕！』……你願意下半生和我一起生活嗎？」

她感動了，雙眼淚水滿盈，毫不猶豫地點頭。

二人相對無語四目交接，感人的淚水印下四行誓言的痕跡。夏日涼風吹送，陽光在樹蔭間歡呼雀躍。

此情此景只成為陳家強人生的一小片段的回憶，本來已經掉淡遺忘了的感覺，但是不知何時偷偷地從心底深處跑出來。陳家強已經感到疲倦坐在椅上，手上拿著《詩經》掀到一頁詩歌〈上邪〉，他看著書內詩句發呆。他曾經許下的山盟海誓，只不過維持了短短兩年就到了「山無陵，江水為竭，冬雷震震，夏雨雪，天地合」，自此以後他不敢踏足情愛的世界，因為那裡充滿謊言，沒有一樣值得依賴信任的東西。他不斷強迫思考尋找自己產生變化的原因，陳家強自問離婚後這些年以來，從未為任何一個女子動情，但偏偏這個葉家家似乎向他直接衝過來般，打破保護他情感禁區的圍牆。他想不明白為何一個剛二十歲的少女會給他產生如此親密的感覺，而且家家似乎一早就認識自己一樣，把他的一切看得很透徹。陳家強反思自己從來不太懂得瞭解別人，也許因為這樣子的性格，導致求婚後才知道未婚妻是出自名門望族。怪不得她是主修經濟，她說她喜歡我的書卷味。可能因為她整個家族也是從事與經濟相關的工作，不是銀行家，就是金融從業員，也是支持整個香港經濟的主柱。換言之，她和她的家族都是香港的尖子一族。而他的書卷氣正好是填補了她的某些缺乏，也成為她在尖子家族的反叛表現。

陳家強回憶了那天身穿上一件燙得筆直的黑色西服外套，但恤衫是弄得皺皺又髒穢的和不稱身的長卡其色西褲，一手拿著手提包和另一手拿著衣袋，因為從地鐵站全力跑去酒店，汗水濕透了衣服，本來筆直的西服外套的背面也濕透了顯出一灘深黑色的水漬，他滿頭大汗站在酒店的咖啡廳內，面對未婚妻和她的父母，他強忍急促的呼吸，用紙巾抹去面上的汗水時留下大量的紙巾碎屑。

陳家強喘著氣向未婚妻父母恭敬地：「世伯、伯母，你們好！我名叫陳家強，一九六九年農曆四月十五日酉時於九龍健康院出生，家有年邁體弱母親，父親是一名海員，在我年幼時出海後便音訊全無。我今年將會畢業大學歷史系，志願做一個教師，現在已經在一間歷史悠久的名校實習，我相信畢業後我可以當一個教師，擁有穩定收入。我會在十年內儲蓄足夠的本金，購置我們的物業，我已經在你們的女兒面前向天發誓『山無陵，江水為竭，冬雷震震，夏雨雪，天地合，乃敢與君絕！』我保証我必定遵守誓言……」陳家強以吃奶之力運起洪亮的聲音，整個咖啡廳的客人和工作人員也聽得清楚。陳家強的未婚妻在旁邊坐著，把一杯水給他，他立即喝下一整杯水，未婚妻雖然因為陳家強遲到而面露不滿，但陳家強單純直接的言行，未婚妻看到他的樣子不禁會心微笑。她再把另一杯水拿給陳家強，陳家強露出傻兮兮的笑容，二話不說也喝光整杯水。

當然，真實的情況並不是完美的，未婚妻的父母要求陳家強畢業後，放棄當教師，要進入他們家族中的一間金融公司學習，這是他們同意這段婚姻的唯一要求。

陳家強的思想跳躍，他回想到某天早晨，未婚妻突然架著粉紅色跑車到來他住的公屋處等他。

「家強，上車。」未婚妻以命令的語氣跟剛從家下來的陳家強說。

陳家強也感到愕然，這款跑車與這個公共屋村完全不協調，而且非常突兀。居民集中在早上返工的繁忙時間，這樣子的跑車不禁吸引途人的目光，而最令陳家強感到尷尬是這輪跑車是由一個女子駕駛，而自己卻是乘客，但是假如她願意讓出司機位置給他也不可能，因為陳家強並沒有駕駛執照的。陳家強為了避開途人目光，急步登上跑車，低頭坐下。

「家強，你要作決定吧。我想今晚就跟爸媽交涉，你一定要支持我！」未婚妻邊駕著車邊說話。

「哦……我……還是很想當教師……我……可以選擇自己的理想嗎？」

「你的理想不是要給我快樂嗎？你不是發誓了嗎？」

「是……是……我以為我找到一份教師工作，就可以令你生活安穩……但是……」

「教師！怎可以令我生活安穩……你到我叔叔公司工作，沒有經濟上的負擔，你更可以安心看書寫作。」

「是……是……你這樣說很有道理……但……」

「但……什麼？……你知道假如你不同意，我就要放棄你而嫁給爸爸工作拍檔的兒子，他是美國哈佛大學畢業生呢！」

「吓！……怎麼會……這樣……」

「我就是不喜歡他們控制我的人生，所以才堅持你一定要和我站在同一陣線。你要明白，出生在大家族，多難才有自由……」

「自由……是……我意想不到，我們的婚姻，變成你和你家族的鬥爭……」

「你害怕嗎？」

「我……我不知道……我只知道我想和你一起生活，建立我們的小家庭。」

「家強，將來我們的家庭不會小的，我們的家庭會成為我家族的一部份。我們只有努力在這個家族內爭取我們可能範圍裡的自由……至少我可以決定誰是我的丈夫。只要遵守規矩，我們仍然可以享受家族給我們的資源。明白嗎？」

「你……其實……你……你是想跟我結婚……還是，因反叛而跟你家族作對的決定？」

「陳家強！你傻了嗎？」未婚妻一怒踩下剎車腳掣，車停在馬路中央，後面的車輛急忙響聲警告。

「我……不……」陳家強第一次看到未婚妻表現出凶狠的表情，頓時呆著。

「你以為我拿跟你結婚來才作對抗我父親的籌碼嗎？」

「不……不……我心煩，胡言亂語。對不起！」

「我也是喜歡你，急著想和你結婚才這樣緊張。」她平伏心情重新開車前進。

「是……我明白……」

跑車風馳電掣全速往前直奔，速度之快是陳家強控制不了的。他突然墮入一個完全不同的世界，他還是未有準備，只可以跟著未婚妻背後衝鋒陷陣。

窗外的風突然加強，起勁地吹進室內，把書本吹翻，也把一些零碎的紙張吹起，整個房間瞬間變得擁有生命般，紙張在空中起舞，圖書不停地為它們打拍子，像是房間在呼吸般把陳家強從死寂的記憶中喚醒回到現在。陳家強站起來，在飛舞的紙張裡感受生命。可是，強風漸漸減弱，圖書拍打的拍子越來越慢，飛舞的紙張全部飄落地上，陳家強失落地站在廢紙堆中。

陳家強望著凌亂的房間自怨自艾：「我就是相信了你也承諾將一生奉獻，可惜我只是你的籌碼……」他嘆息無奈地收拾房間內亂七八糟的東西：「難道我是這樣孤單地渡過餘生嗎？……」陳家強開始明白，他心裡為何擔心十天沒有出現的家家，只是因為自己感到寂寞孤單而已。他自言自語：「原來，我是害怕孤獨……」他再次望出窗外，夕陽再一次陪伴著自己一個人完結一天的工作。

＊　＊　＊　＊　＊

陳家強從學校慢慢地走路回家，走到公屋大商場的超級市場，他逛一逛超市，只買了一個麵包。回到大廈地下大堂，打開信箱收取信件。陳家強回到家裡，隨便掉下一雙鞋子，放下手提包就進入廚房，拿出透明膠杯，將兩杯份量的白米放入電飯煲的內部盛器中，用自來水清洗白米，平放手背量度需要多出的清水份量，用毛巾抹掉盛器的表面，再放回電飯煲機身內，關上蓋子，按下電飯煲電源掣。然後才發現自己沒有買餸，於是他把電飯煲電源關上。陳家強回到睡房更換在家穿的便服，坐在沙發上，然後返回廚房，拿起麵包坐在廳上吃。從窗口望到鄰居一家人歡樂地圍在餐桌一起吃晚餐。

時間悄悄地往前跑，沒有回頭沒有留戀，只印下模糊不清的痕跡。我們天天追趕時間，漸漸地也不回頭不留戀過去，只低著頭往前衝鋒陷陣，連將來也懶得看，最後人生只餘下目前，沒有過去，沒有將來，埋頭為著目前傾盡精力。雖然，這個目前也包含一定的時間性，至少起碼有數十年的有效期，或者更為偉大地會遠眺孫子輩，不過只限於自己的家族。於是乎，女媧親手用黃土造成的富貴尖子不斷為積累財富權力而結黨營私來剝奪他人，而天生就是因為女媧大人偷懶用繩索打泥土大量製造出來的貧賤凡庸的人卻無力對抗，任由宰殺。貧者越貧、富者越富，兩極對立明顯化了世道的不公。女媧憑喜好造人而分了貴賤、宙斯因妒忌強硬分離原本幸福的連體人類。東西方的神祇對人類是一視同仁，祂喜愛誰人，誰人就可以一世無憂，出類拔萃。祂厭惡誰，誰就坎坷潦倒，鬱鬱而終。這就是命運！

我的母親就是一個認命的好例子。

但是，我們普通人就是貧賤凡庸嗎？我們「普通人」是被安排了人生，抑或是自己選擇了做普通人的人生？難道我們就因為「命運」而必須認命嗎？還是因為我們害怕改變而安於現狀，甚至苟且偷生？家家突然闖入我的人生，沖擊著我原來安穩的生活，產生了恐懼，害怕會突然失去現在擁有的一切。然而，恐懼產生的漣漪已經擴散，滲透到我身體內的每一滴血，在血液中形成不斷的振動，每時每刻呼喚我孤獨的心靈，試圖喚醒潛藏內心反抗命運的力量，當我越想把這份力量釋放出來，恐懼感越是把它壓制下去。這樣的互相對抗，兩極思想的戰鬥，燃燒毀滅著久居安逸的無奈苟且、燃燒毀滅著樂天知命的迂腐執迷、燃燒毀滅著明哲保身的自私自利、更加燃燒著反抗命運的力量瘋狂地呼叫它的名字「革命」。

我在圖書館做了四十天的「神」，我沒有因為可以決定書本的命運而沾沾自喜，反而會為某些書本平反分類，思辯每天都發生，每天都很不情願地把某些書本放在某些分類，而這些結果通常是參照其他圖書館的已有的分類而決定。儘管我腦內的思辯有多激烈，還是要遵守既定的規矩模式，當這樣子的神有什麼了不起呢？那麼女媧、宙斯又有什麼了不起呢？他們不都是按著喜好規劃了模式，然後套用在人類身上。這跟工廠機器有什麼分別？預設了程式然後大量製造，這樣子的創造有什麼值得人類敬畏？反而我這個「普通人」還會為一本書思辯，平反它的屬性分類，給與這本書更佳的位置，讓它可以有更多的曝光率，有更多機會相遇有緣人，至少我是這樣想的。

陳家強已經回到圖書館大樓工作，圖書館大樓三樓的圖書也餘下不多的數量。家家突然消失了十二天，時間沒有讓陳家強淡忘她，反而日夜掛念輾轉難眠。還有九天就完成這個不太了不起的神聖工作，這兩天可以完成，那麼就算完成了這個使命，只餘下地下K行前輩的書而已。他計劃把K行的書全部據為己有，反正移到新校社圖書館也只會不見天日。陳家強返回地下，走到圖書館大堂，經過閱讀用長桌，繞到深入大廳後方凹陷的空間，打算繼續工作。彷彿間看到一個人影在書架隙縫的白光中，他凝視那深入房角的書架間隙，是放置K行書架的位置。他好奇的慢慢行進去，輕輕地穿越書架，從書架間繞行，透過丟空了的書架窺探。漸漸地，他走近了那人，同時他的瞳孔也適應了光暗，可以看清楚那人的輪廓。

「噢！原來是葉家家。」陳家強驚訝地叫了出來。

「老師！你好。」葉家家精神煥發地透過清空了的書架向陳家強問好。

「葉……家家，十二天不見了，你去了哪裡？」陳家強努力壓制自己欲爆發的情緒。

「是老師吩咐我不要跟你開玩笑，那我就不來打擾老師呢！」

「我當時只是叫你……不要拿感情來開玩笑，不是要你……」陳家強認真地解釋。

「哈哈！我跟老師開玩笑呢，我只是返回加拿大見我外婆。」

「哦，你為什麼不辭而別？」

「當天老師那麼凶！我就是不跟你說。」

「葉家家！你不知我多擔心你嗎？」

「擔心我？你為什麼不打電話找我噢！你不是沒有我的手提電話號碼……」

「……我有……我當然有。」

「啤！只說不做。老師，你現在說你很關心我，天天睡不好，想我想得要死都可以……又沒有實際証據。」

「你……那你現在為什麼回來？」

「想念老師囉。」她將頭貼近書架，透過層架間的空隙瞪大眼看陳家強。

「你……葉家家！」

「我說真話呢，而且我站在這裡就是一個好證明。」

「不跟你胡鬧，你是來找那劇本的，我已經清理了二三樓的圖書，也沒有發現。」

「我離開前已經找到第三幕。」

「吓！為什麼不跟我說？」

「我就是喜歡這樣。」

「葉……」

「老師，可以單叫我名字呢。」

「……家家。」

「這樣親切多了。」

「那……」

「我就是在K行找到的……所以我估計第四幕可能也在這裡。」葉家家走回K行，繼續仔細尋找。

「你走了十多天，你不怕我已經清理好這理嗎？」

「老師！嘻……以老師工作的速度，我猜你三樓的圖書分類還未完成呢。」她沒有回頭看他。

陳家強因被葉家家的漠視而氣惱，他經過書架走到葉家家旁邊：「我要把這些圖書收拾放置入紙箱，然後運去我家收藏，我要把前輩的書好好保存。」他故意把圖書隨便的放入紙箱內。

「哦！老師要把這些圖書據為己有？……你是想歪了嗎？你怎可以……老師！」葉家家見陳家強的舉動，擔心找不到最後一幕劇本，大聲喝止：「老師！停手……」

「我就是喜歡這樣……哈哈……」陳家強忍不住笑出來。

「老師！……」葉家家知道陳家強作弄她，雙手作嬌輕輕搥打他的胸口。

陳家強捉住葉家家雙手，葉家家頓時失去平衡往前傾倒，整個人挨到陳家強的胸前。陳家強內心燃燒著反抗命運的力量，瘋狂地呼叫著它的名字「革命」，熊熊烈火激動地從心靈蔓延整個身體，一發不可收拾。他把葉家家擁入懷裡，深深地緊緊抱住她。

從窗外透入泛出一片光芒，陽光燦爛非常。

*　*　*　*　*

夜。正當我內心瘋狂地燃燒著「革命」的火熱之時，也不禁懷疑「命運」的力量何等驚人。暑假初，曾經幻想家家成為自己的女朋友，會和我一起生活，一切以為只是幻想，只是讓苦悶的生活添加一陣興奮。意想不到的是我和家家的距離突然變得如此親近。

陳家強回味擁抱著家家年輕柔軟的身體，一股暖流如漩渦急促地侵佔他整個身體。

「老師，真多圖書！……這麼小的地方，居然放滿書本，怎麼可以讓人居住？」

葉家家進入陳家強的家，看見成千上萬本圖書佔據房子的壯觀。

「家家，這房子不小了……我每月要花大半個月薪水供的。不要小看這個房子，這二十年來工作就是為了養它。」陳家強把門關好，跨過一疊疊放在地上的書本。

「哇！客廳的窗子可以很清楚看到對面的房子……他們在吃晚飯……」

「……沒什麼好看……」陳家強走到窗前書桌把布簾關上。

「似乎住在這房子沒有私隱喎。」說罷隨便走，看遍各個房間。

「客廳景觀是比較開揚點……」

「睡房也很開揚呢……這個房間的窗口全是圖書，這個遮擋方法很有創意。」

「你是來看樓盤嗎？但是這房子不賣的……賣了也買不到在市區這個大小的房

子。」陳家強關上所有窗戶的布簾，同時亮著全部燈光。

「嘻嘻……老師怕鄰居看見你家裡有女孩子。」

「家家！」陳家強尷尬地。

這裡是陳家強的房子，而家家真的進入了他的家。陳家強壓抑住內心的興奮，雖然，三個小時前他擁抱住家家年輕柔軟的身軀，當時他真的又一次希望時間停止下來。不過，他再一次失望，時間並沒有為一個普通人而停下來。

事實上，時間並沒有為任何人停下來。

陳家強打破了隔離他與感情的一道牆壁，他開始接受和感受他內心的真正感覺。雖然他害怕，害怕家家年輕的感情太薄弱會一瞬即逝，也害怕自己失去現在擁有的一切，更害怕人到中年沒有能力從頭再來。縱使如此，陳家強仍然膽戰心驚步步為營地踏出了這一步，讓內心這份感情可以重見天日，可以闡釋情懷翱翔天際。但他深深明白，感情不可太輕舉妄動，古老師的終結時常警惕著他，他和家家相擁過後，相視一笑，盡在不言中。

家家在K行尋找最後一幕劇本，卻發現一本跟劇本同樣式的書本，她打開一看，只得一張內頁寫道「傻瓜見習老師，多謝你！」，另附一張畫像相片。

陳家強看著相片，似曾相識：「相片內的畫……我好像見過……十年前……當時香港人心惶惶，大家都躲在家……」

那天戴上口罩的陳家強剛從學校大樓走去圖書館，發現一個女子剛從圖書館離開，由於陳家強位處遠離看不清楚那人是誰，只停步注視了一會。當他回到圖書館內的職員室，就看見一份禮物放在他的工作檯上。陳家強拆開包裝紙後，是一個頗有厚度的相框，鑲鋕著一幅用鋼筆畫出清秀線條的圖書館大樓圖畫，圖畫左下角寫著「Thank you! H」。

現在陳家強記憶此事情，心想那女子可能是葉香香。而面前這張相片正是當天收到的畫像，似乎唯一可以解開迷團的就是找尋這幅畫像。所以，他便帶家家回家，嘗試尋找那幅畫像。陳家強多年來連普通朋友也不會帶到家裡聚會，更何況帶女孩子到家裡來，他顯得特別緊張。他忙於收拾好家裡的雜物，雖然他算是一個整潔的男人，但有些時候男人正常的懶惰也足夠把房子弄得亂七八糟，他們開始在什亂的四周找尋畫像。

「老師家裡沒有電視機的，那你平時有什麼娛樂？」

「電視機……不……我不看電視……更不看影碟，所以沒有三……」陳家強差點把腦子裡思考的說話吐出來。

「老師，你真的看過這麼多書嗎？」

「大部份都看過，有些還沒有時間看。」

「這跟女孩子一樣，買很多衣服鞋子，天天換款也穿不完……啊！看來老師喜歡上互聯網。」家家指著在書檯一角上的手提電腦。

「不……我沒有上三級網站……我只用來看書……」

「三級？……老師，原來你……嘻嘻！」

陳家強慌忙的表情出賣了他的思想，葉家家看著這個 瓜老師，笑了出來。「家家的笑容跟葉香香很相似。」陳家強看著家家，不禁想起葉香香，一個曾經令他魂牽夢縈的人。

第二章

人群人數聚集越來越多，壓迫感使我透不過氣來，我轉身欲離開廣場，由於與群眾背道而馳，我舉步艱難。我吃力地走到廣場邊緣的草叢旁歇息，忽然我眼前出現數人衝擊建築物的大門，如同在電影出現的古代戰爭場面，一班戰士在敵人的城堡圍牆下用巨大的樹幹衝擊城堡大門一樣。衝擊一浪接一浪，群眾開始激動叫囂情 高漲。壓迫感再次使我透不過氣來，眼前的景物天旋地轉，漩渦裡慢慢出現另一個景象，與眼前打轉的景象重疊然後改變，群眾的服飾改變，四周的環境改變。群眾的身軀向我擠壓並發出激烈的叫囂，充滿著怒火的年輕人衝開大門，他們力竭叫喊、揮動拳頭、搖擺著旗幟，我被推進到一間大廳中。他們開始把東西砸了個稀巴爛碎，還把一個男人拖出來毆打，甚至用磚頭砸他，打得頭破血流。不知從何處開始的火焰蔓延起來。群眾騷動，胡亂奔跑。突然一團火焰直撲向我，我立即用雙手阻擋。眼前煙霧彌漫，建築的木材被火焰燒毀霹靂啪啦地叫喊。

四周是白色的布簾。

我痛苦得驚叫起來，定睛望清楚四周，但眼前景象改變，是白色布帳，是靜寂的房間。我躺在白色的床上，頭部感到非常的痛楚，我欲伸手按住痛楚，才發現雙手受傷被包紮著。我回過神來，察覺我是躺在一個病房內。我掙扎地爬起來坐在床邊，努力整理思緒，尋求我在這個病房的原因。然而我腦海卻一片空白，只有我跟朋友聊天喝酒的記憶，我想我必定喝多了而「斷片」，最近每次喝完酒後醒來，記不起我是怎樣回家的。不過銀包、手提電話、鎖鑰等貴重物品均安好無事，可以理解我獨自回家時是很清醒的。我稍為緩和情緒，觀察四周。發現這是一間獨立病房，門口旁邊就是洗手間，布簾蓋住整個窗框，差點以為是一幅牆壁，因窗外透出光暈在布簾上，把窗框映照出來。

我走向洗手間，欲打開自來水洗臉，才醒覺雙手被包裹著，勉強打開水龍頭，自來水不急不緩地流下，可是我可以怎樣洗臉。我看著雙手感到無奈，深深吐一口氣，轉眼望著鏡中的自己。

「蒼老了！怎麼會突然冒出這麼多白頭髮，連臉皮也出現不少皺紋。我這些日子是怎樣的過？」我不禁心想我或許很痛恨自己，巴不得不把自己的身體摧毀不罷休。我腦海突然出現過去十多年與我共同生活的她，我的前妻。往日我並沒有記住我們一起生活的片段，但這些卻在我們分開了後，以為遺忘了的往事卻爭先恐後地湧現出來。她的回眸一笑、她在地中海白色小屋前的日落倩影、她靦腆地站在太平洋上的淺灘、她……我猛力搖頭，沖洗這些使我心碎撕裂的畫面，每一個片段都在增添我的罪咎。

此時，一隻雪白修長的手按在我的臂上。我無意識地沿著那修長白滑的手往上看，看見一張臉孔，一張似曾相識的臉龐。

「你醒來了！」

我猶豫了一會，還未回過神來。

「你沒事嗎？……」

「你……」王興國打量少女，看是護士，便問：「我雙手為什麼受傷了？」

「昨夜你從火場救了……我，你雙手是救人時受傷的……」

「我救了你？……哈哈，我會做這些不利己的事嗎？」

「昨夜的事情，你記不起來嗎？」

王興國輕微搖一搖頭，便走出洗手間，坐在床前的梳化上。

「護士小姐，我想洗一洗臉，但我看來這雙手幫不了忙。你可以幫忙嗎？」

「哦……好的。」那護士欲轉身之際，王興國再發命令：「我還想要一杯水，如果能夠加冰更好。」

護士點頭示意，她離開這房間後，王興國站起來，再次努力挖掘散落在腦海的記憶，他心裡肯定自己是認識這個護士，但卻記不起來。他腦海浮現出那場大火……那些建築的風格，那些人穿著的服飾。王興國是學藝術，本是想當畫家的王興國，在這個現實的城市容不下有這樣奢侈的夢想，後來他為了生活當了攝影師。所以他對於不同年代的藝術風格頗為瞭解，而且在視覺影像上特別敏銳，有過目不忘的能力。他七歲時第一次親眼目睹火災的畫面，直到今天仍歷歷在目。

「興國，起身……快起身！火燭呀……走！」年幼的王興國用勁地睜開睡眼，還未清醒來就給母親拉下床，興國母親連抱帶拉帶著小興國跳出門外。一條窄長的走廊的盡頭已經被濃煙佔據，這種長盒形公共房屋只有十多層高，每層大概四十戶人，工整地分佈在長長而暗黑的走廊兩邊，除特定層數有升降機外，每層兩端及中央均有樓梯上落。當時濃煙已湧進半邊走廊，那邊的住戶慌忙地逃出煙霧盡處，往中央的樓梯跑下。小興國一家住在近邊緣樓梯的單位，興國的母親看見形勢，二話不說關上木門和摺式鐵閘，也來不了上鎖就拉小興國往邊緣的樓梯逃去。同行還有數名鄰居一起跑下樓梯，他們成功逃到大廈旁邊的公園，那裡早已站滿人群。小興國沿著人群的視綫，抬頭望向大廈頂端。原來是最頂層遠處邊緣的一個單位起火，火勢非常激烈，隱約可見一個人影似是在窗邊求救。消防隊已經準備好一切，消防員騎上上升的雲梯奔向出事單位。突然人群瘋狂的尖叫起來，有些婦女側頭掩面在痛哭。小興國轉頭回望，烈火已經完全侵佔整個單位，只露出焰紅的火光，那個求救的人被火重重包圍，瘋狂掙扎的人形火焰更觸目驚心。撲救災場的水柱沖擊著火焰，散落一陣陣煙雨，伏在人群的臉上，洗刷眼睛親歷的恐怖。不知過了多久時間，烈火終於被撲滅。一具包裹著的軀體被抬到地面，人群立時起哄圍觀。小興國從大人的身體間隙望去那被包裹著的軀體，一隻被燒焦的手露了出來，一隻黑色如炭的手。突然群眾再次起哄，小興國望向對面人群散開，一個雙手焦黑的男人呆站在那突兀的空間。群眾說話此起彼落：「那男人老婆有外遇。」、「剛才他們吵架，還打破東西。」、「想不到平時斯斯文文原來是這麼狠毒。」、「自己家事關了門自家解決嘛。」……不難知道那男人就是造成火災的元兇。「真無陰功，累人累物！」興國母親慨嘆。小興國倚著母親，望著那一雙焦黑的手。

王興國的一雙焦黑了的手。

他不知不覺地把包紮著雙手的紗布拆開，露出了一雙被火燒傷了焦黑的手。

一雙罪人的手。

「咎由自取」就是我的罪名。這句話就如咒詛般緊緊跟隨著，黏附著我這個滿載罪孽的靈魂。

二十年前王興國被初戀情人嫌棄不切實際，不事生產，更惡言相向。王興國氣得直奔機場，用僅有的金錢隨便買了飛機票就離開香港。有些說話比利劍還鋒利狠毒，會留下很深的傷害和永不磨滅的疤痕。王興國一個人輾轉到了梵蒂岡，在街頭遊蕩，遛遛美術館打發時間。沒錢了，就在街頭地上畫畫賺錢，這樣渡過了一段時間。潦倒的王興國衣服污穢，汗水氣味充斥著身體，一天他一個人坐在西斯廷教堂內，看著米高安哲羅的《最後的審判》發呆。

「如果最後審判降臨，那一刻你最想做什麼事？」

王興國望向突然說廣東話的女人，她一身白衣，如天使般降臨人間，異地遇上同鄉。王興國兩行淚水一下子將孤獨和委屈傾瀉出來，女人見狀，毫不猶豫走上前把他抱入懷中。二人巧遇相戀，很快一起生活。好景不常或是人的貪婪，王興國因為移情別戀拋棄糟糠，不久被新歡拋棄，他再次一無所有。

半年前他隻身回港身無分文，要依靠母親接濟。可能是給他這個不肖子氣壞，母親的長期病突然加重，三個月後便過身了。母親葬禮後不到三天，王興國收到房屋署寄來的逼遷信。因為他沒有正職而且有自己公司，他們要求王興國出示大量的文件和證明才可以繼續居住，他們拉鋸了三個月，王興國感覺非常疲累，正在考慮放棄這個居住公屋的權利。只是他還可以住在哪裡？心裡總是鬱悶，竟然淪落到連容身之地也將會失去。

難道我一生就這樣子劃上句號？「窮途潦倒」只要用四個字就可以描述我的人生，甚至乎名字也如一粒沙墮落大海般消失殆盡，「我」就似是沒有出現過一樣。

收賣佬：「這個雪櫃很舊了，五十元吧。」

我驚訝地：「吓！五十元？唉！」

收賣佬：「冷氣機八十元，這部較新的是一百元。包拆及搬運……洗衣機……煤氣爐……」

火焰已經蔓延起來，群眾騷動，胡亂奔跑。我沿著火舌尖的方向望去，一個少女站在一樓窗邊，那是護士小姐。我欲奔上救助護士小姐，剛轉頭迎面就捱上狠狠的一棍子。頓時頭昏目眩，眼前煙霧彌漫，還有建築的木材被火焰燒毀霹靂啪啦地叫喊。我猛然搖一搖頭竭力站起來，打我的是一個男人，他拿著木棍站在我面前。我身處的不是北方大宅，而是一間車房內，護士小姐被困在閣樓上，樓下角落佈滿雜物的地方已經燃燒起來，正正是阻擋著閣樓下來的唯一通道。火勢蔓延，火舌將快吞噬閣樓上的少女，我移開阻礙閣樓樓梯的雜物，火焰燃灼我雙手的皮膚，痛楚非常。

四周仍是白色的布簾，夢中的痛楚把王興國痛醒過來，躺在床上看著四周。他在思考著「莊周夢蝶」式的自身存在問題。因為剛才的景象非常真實，細節非常具體清晰，他開始懷疑那才是現實。況且，他想不到這裡所謂「現實」有什麼事情值得自己從床上爬起來，他慨嘆著自己已經沒有生存的理由。「難道每天起床就是為了晚間在街上賣醉？」王興國心裡納悶。

此時，一隻潔白的手把床邊的布簾拉開，是護士小姐，王興國只斜眼看著護士連頭也懶得動。護士沒有說話，只是為他更換包紮雙手的紗布。

「你記起昨晚發生的事情嗎？」護士小姐用試探的語氣問。

王興國只是斜著眼定睛望著她：「我已經記起。」

護士小姐有點驚訝：「你……記起……」

王興國雙眼望回天花板：「我這樣子的人居然會捨己救人，我應該是喝得太醉了。」

「我一直擔心，你因為救我而受傷害……其實你已經受傷了。」護士小姐望著王興國的手。「我是……擔心你會受更多的傷害……多謝你！假如不是你及時發現，我怕我已被那個人……」護士小姐握住紗布低頭流淚。

「你認識那人？」

「……昨晚……才認識……在酒吧認識的。」

王興國側頭望著護士。

「我……被男朋友……拋棄了。很傷心，想借酒消愁……那人初時表現得很溫柔，細心聆聽我訴苦……想不到……」

「我在酒吧洗手間聽到他跟別人通電話，已經知道他對你意圖不軌。」

「哦……我跟那人離開酒吧時，你已經跟著我們？」

「不是。只是剛巧經過。你跟他吵鬧的聲音，我好奇下發現你們。」

「無論如何，也要多謝你！」

「不用，巧合而已。」王興國把頭轉正，再次呆望灰白的天花板。「我正在思考要不要起床，我需要安靜的環境集中精神，你若是完成你的工作，可以離開。」

護士感到王興國的冷漠，本來流著眼淚也突然止住了。匆匆忙忙地完成更換王興國雙手的紗布就離開。她在門邊回頭看王興國，他一直目光呆滯望著天花板。

「我叫芷若。……我不是護士。」王興國沒有回應，芷若無奈地轉身離開。

當芷若關門後，王興國側頭望著門口，空蕩蕩的房間。突然，洗手間湧出水來，水越淹越深。昨夜的事情浮現在水面，王興國的記憶如潮水般湧入。前妻拿著電話低頭流淚的一刻再次湧現，水淹浸全地，漸漸地變成金黃色，白色的氣泡湧上，變成一杯搖蕩中的滿是上升氣泡的金黃色液體。

* * * * *

在酒吧內，王興國跟大學時的同屆同學——世界歷史系的張子文、中國文學系的李志遠及法律系的古華生，聚舊談天。四人雖然選修不同主科，性格各異，但因同是性情中人又是中學預科同學，所以特別投契。張子文是時事雜誌新聞部副編輯，大學畢業後不久便成家立室，現在已是兩女一子之父，大女兒已上大學，長得婷婷玉立。李志遠是出版集團的行政經理，要管理全港十多間書店門市，早兩年找了一個小二十歲的小娃娃做老婆，剛有了小孩子。而古華生本來是律師，三年前妻子帶著兒子去了加拿大的婆家，他亦辭退工作，現在在中學當歷史和語文教師。王興國本是藝術系畢業，因三餐不計轉投商業攝影工作，感情生活精彩，是一個有愛情才能創作的人。三人知道王興國離婚搬回香港，找緊機會見面，為這個同學老朋友解愁。四個中年男人，已經四十有多，當聚在一起時卻可以返老還童，談笑風生，尤其是談到女性，特別興奮。

「那個女的就是想找帥哥，一路死纏爛打。」李志遠用下巴指著站在吧檯旁的男女。

「那個不是哥了，是叔呢。」張子文更正。

「看上去還比我們小，不是哥是叔，那我要被稱呼做爺爺？小女孩就喜歡成熟男人的味道。」李志遠沾沾自喜。

「錢的味道。」張子文撥冷水。

「子文，如果是你女兒喜歡上跟我們一樣年紀的，你會怎麼樣？」古華生突然插咀。

「我一定不批准！」張子文斬釘截鐵地。

「女大，你管不了。」李志遠自豪地。

「管不了女的，可以管男。你啊！中佬了，還選了小娃娃做老婆。十多年後你已經六十歲，她還年輕，正是風情萬種之時。看你怎樣守著她？」

「你未老先衰！思想怎可以這麼守舊。誰不想老婆年輕貌美身材出眾。華生、興國，你們同不同意？」

「愛情！想要也沒本事應付，又怎會想到年輕不年輕，美不美呢？」古華生有感而發。

「已經過了三年。你還是放不下。我做時事新聞的，天天不同大小事情，看到遠的大事像圍牆倒塌、蘇聯解體，到近的父母燒炭兒女陪死及至跳樓輕生。人生啊！面對現實生活，弱小的人就是無能為力，甚至想苟且也不容。我盡了職責將所有事情說出來給大家知道。還可以有什麼要求呢？華生，做人要輕鬆一點。」張子文說。

「我沒志遠的幸運。我只想求愛情，但求不得。」王興國突然插咀。

「蛇蠍美人，貪圖美色悔恨終身。」張子文定義女人。

「唉……公平一點說，沒有這個，也有那個，興國仍會搭上其他少女，模特、明星、歌手、演員……王興國必會在五光十色的女人圈內找到一個，反而看不見平實賢惠的老婆。」李志遠不同意張子文的妄斷，但又不得不批評王興國。

「本性難移。」眾人異口同聲伸出手指指著對方慨嘆。

四人邊笑邊說，邊說邊喝，不知不覺間大家喝得醉醺醺。王興國在半醉矇矓中看到久久坐在吧檯的芷若，很熟悉的臉孔。夢中大宅閣樓的少女快被大火吞噬的畫面，與面前芷若的畫面多次重疊，印証這個夢中人就是眼前人。不知何時開始，每個晚上這張臉孔都重複出現在他的夢裡，想不到會真實地出現在他的眼前。王興國感覺跟她曾有一段不尋常的關係。芷若看來非常憂傷，那個男人已經跟芷若談了整個晚上。王興國看見芷若和那男人離開，心知不妙，於是悄悄地跟蹤倆人。但是二人走進一條橫街後就失去蹤跡。王興國仔細地在這條小街搜索，但仍然找不到任何綫索。正當他想放棄之際，一把女人叫喊聲從小街角傳出。他立即向發出聲音的方向跑過去，發現後巷一道鐵門仍未完全關上。王興國立即拉開鐵門入內，這是一間修車廠，他隨著吵鬧聲穿過兩架被升降架升上半空的汽車之間的縫隙向前走，透過雜物間看見芷若正在掙扎推開那男人，而男人欲強吻她。

「放開她！」王興國大聲地從雜物間喝止那男人。

男人見狀隨即鬆開了緊捉芷若的雙手，芷若欲逃跑，但四周雜物滿佈，而男人又阻礙她的前路。芷若唯有向她後面往閣樓的樓梯爬上去。男人見事敗欲向大閘逃走，王興國仍困在雜物間舉步為艱。男人正拉起了大閘門，已經露出一絲街外燈光，突然他停下來，回望王興國，露出異常陰險的表情。男人邪笑地拿起一支金屬管，然後拿出打火機點火。王興國大吃一驚，同時閣樓上的芷若大喊求救。王興國狂亂地推開雜物衝向男人，男人同時燃燒雜物，火舌衝向王興國，王興國拚了命跳出重圍，驚險萬分。但火焰燃燒了雜物直向閣樓延伸，火勢一發不可收拾。王興國繞到大閘門前，男子掉下火槍隨手拿起金屬工具，一下子就擊倒他。王興國痛苦地爬起來，再次衝向男人。此時大閘門從外面拉起，是兩個警員。男人被突如其來的警員出現而分心，被王興國推倒地上。

「救命！救命！救命……」芷若從閣樓玻璃窗破喉大叫。

王興國沒有理會那男人，空手移開已被燃燒的阻礙物，往閣樓的樓梯爬上救出芷若。王興國回頭一看，那男人已經被警員制服，而且還有另外一些似乎是附近的居民用滅火器滅火。王興國幫助驚惶失措的芷若爬下樓梯，她趕忙往外逃奔。他見芷若安全後也欲逃下時，閣樓的樓梯突然斷開，他失去平衡跌倒頭部撞擊地面雜物，頓時昏倒。

王興國望著醫院的天花板發呆，他還記得小時候住在公共屋村，一次他的鄰居鄭太太開了煮食爐火，便蓋頭午睡。不料風大還是她不小心，爐火把掛晾在廚房上的衣服燒著了。濃煙滾滾，他的父親正好在家，父親不顧一切跑過去，還穿過火焰下走到洗手間拿水把火救滅。而他，小興國全不在乎別人在水深火熱之中，也不在乎自己是否將會身陷火海，仍然躺在床上不動。三十多年後，王興國仍然跟那天一樣，對生命不感到任何興趣，他只是意想不到自己會在火場勇救一個陌生女人。自從他跟前妻分手後，罪咎感不斷增加，後悔因一時貪念而放棄婚姻。十多年積累出來給別人的信任，片刻消逝。現在，王興國不再相信別人，甚至也不信任自己。

再次湧現出往日片段的畫面，地中海夕陽下的回眸、大西洋淺灘上的靦腆。王興國伸手想捉緊她，可是現實中只有空蕩蕩灰白天花下的微塵。他心頭一酸，淚水終於湧出來，是罪孽深重的自責還是孤獨寂寞的憐憫？相信王興國也弄不清楚來，他只明確知道的是枉費了自己的前半生。

*　*　*　*　*

「興國。」一把沉厚穩重的男人聲音。

王興國立即背過頭抹去淚水。

「興國，你沒有大礙嗎？」

「華生……我很好。」興國已換出了笑容。

「你這個人，時常驚嚇我們一班老同學。」

「你怎麼會來？」王興國整理枕頭坐起來。

「昨晚我們發現你整晚心不在焉，突然你走了，我們有點擔心你，便一起找你。」

古華生邊說邊移動一張椅子放在床邊坐下。

「哦！抱歉……我……」

「誰知我們居然看到救火英雄。」

「啊！你們看到了。」

「何止看到，子文、志遠還幫忙救火。」

「那他們也在？」

「他們日間已經來過了，我今天學校教課晚了，現在才能到來。」

「學校教課，浪費了你這個大律師。」

「拍商業照片，也浪費了你這個大畫家。」

「俱往矣。」

「大江東去，浪淘盡，千古風流人物。亂石穿空，驚濤拍岸，捲起千堆雪。」

「江山如畫，一時多少豪傑。故國神遊……」王興國停了一刻，憂傷地接下去：「多情應笑我，早生華髮。」

「一尊還酹江月。」古華生拿出兩瓶啤酒。

「你還是隨時隨地可以詩興大作。」向華生展示被包紮的雙手。

「一班老同學，你最能接我的詩興。」古華生開了一瓶啤酒，把吸管放進去，然後放在床頭櫃上。

王興國讚嘆古華生早有準備，立即吸一大口啤酒：「啊……人生一大樂也。」

古華生把另一瓶啤酒打開，也一大口喝下去。

靜寂。兩個男人四周打量一會。

「剛才我在門外碰到護士，她說你一直未醒來……看來你精神充沛。」

「不要挖苦我了。」

「你現在住在哪裡？」

「母親故居，九龍半山豪宅區旁邊的公屋，何文田村。」

「就在我任教的學校附近，我的住處在不遠。」

「那我們可以時常喝酒。」

「昨夜，我們還以為你風流成性只顧看年輕女孩……」

「我啊！死性不改嘛。已經遇人不淑，失去所有，還不快快反省檢討？」

「那為什麼？」

「……我告訴你也不會相信的。」

「興國！你已經半年自我放逐了，不是志遠在酒吧碰見你，我們以為你忘了我們。你發生了這麼大事件也不找我們，你仍把我們當成朋友嗎？朋友，你不用猜測我信不信，只管說出來吧。人與人相處，信任是最重要。」

「是……我已失去了。」

「暫時失去。努力再建立起來吧。」

「唔……」

二人相對苦笑。

「那你建立了嗎？」

「我……」古華生突然止住。

「你分居也快三年了，你年紀不小，快找回另一半吧。」

「你，找了大半生，結果又如何。」

「希臘神話有一個傳說，人類原本是男女同體，但是天神妒忌人類太幸福，宙斯用雷電劈裂人類分開男女。命運女神把本來一對對的男女分散各地，但是人類憑藉心靈的一絲感覺，在人世間耗盡一生也要尋回另一半。」

「興國，我也信緣份，但緣來緣去，捉不緊，靠不住，不由得自己控制。」

「所以要珍惜眼前人！誰也不知緣盡何時。緣份過後，怎樣努力也拉不回頭。錯過了，就失去了。當擁有時，盡情擁抱！不要害羞，因為這份溫暖可不知在哪時會突然消失。」

「擁有時，不張狂。失去後，不　求。我也看得透，但是做不了。」

二人再次相對苦笑。

古華生離開後，王興國回味著剛才的對話。每個人都有選擇權，原因可以是自私的，個人喜好或當刻衝動，也可以是肩負責任，為親人為愛侶。無論怎樣，只要是決定了的，就要承擔。不可能半途而廢，跑回原地，乞求重新選擇。這樣，就算天下人都給你機會，你也失去了自尊和信念。這比起選擇錯誤，而失敗潦倒更墮落。以為人生就如遊戲，隨時隨地，因心意轉變重新開始。人可以因選擇錯誤，跌倒失敗而不屈服，重頭再來。但不可以在選擇後害怕失敗而放棄，甚至求人施捨再次選擇的機會。人總是要往前走，而且是不斷背負自己的選擇所承擔的後果繼續往前走。

「求不得，愛別離。永遠纏繞。誰教我豁達？我這種人窮一生也只會迷失於情感和理性之間。」王興國望著灰白的天花。窗外透出日出晨光，照亮整個房間。灰白的天花漸漸變成金黃色，變成金黃色的液體，從天花傾瀉而下，淹沒王興國整個身軀。他一直墮落深淵，但深淵下出現一道亮光，溫柔又溫暖的迎接他。

* * * * *

兩個月後的一個深夜。

王興國醒來，不知身在何處。他心想自己定是再次喝醉，但想不到昨夜的事情，忘記跟誰喝酒，更甚是有沒有喝酒也忘了。王興國起床，發覺自己全身赤裸，他懷疑昨晚一定攬上誰家女人。這是一起開放式單位，只有浴室一個房間，浴室傳出水聲，他猜測那女人正在洗澡。天色漸漸亮，王興國裸體走出露台。他定睛遠望，失焦的瞳孔找不到任何著落的地方，他找不到可以停留目光的位置。夢中那少女的容貌深深地烙印下來，加上寂寞的悲傷感，他渴望擁抱著她得到溫暖，而這份飢渴供給了他足夠行動的力量。王興國想到夢中少女，他終於找到了昨夜的記憶。

「多謝你。」

「這兩個月你已經重複把這句話說了很多遍。」

「我是真心的。」

王興國和芷若赤裸身體躺在床上，他們互相緊緊的擁抱著，似乎不想給對方有逃跑的機會。

「不用，我只是因為你跟我夢中人很相似才偶然救了你。」

「真是一模一樣嗎？」

「是。」

「那夢是預言了我們的相識。」

「命運。」

「緣份。」

「都是注定。」

「現在仍出現那夢？」

「是。」

「那在火海的少女最後怎樣？」

「消失了。」

「被火燒死了？」

「應該不是，只是消失了。」

「你這麼肯定？」

「因為我看到她逃離火場，然後消失在人群之中。」

「再沒有遇見她？」

「自從跟你一起後，沒有看見她了。」

「你想和我一起生活嗎？」

「你怕寂寞？」

「你覺得我寂寞？」

「現在沒有。」

「什麼時候有。」

「沒有我的時候。」

「那我們一起我就不會寂寞。」

「是，你不會寂寞。」

「那你？」

「我？什麼？」

「寂寞嗎？」

「時常。」

「現在也是？」

「是。」

「我在你身邊還寂寞？」

「不是相同的寂寞。」

「不明白。」

「女人的寂寞在眼裡，男人的寂寞在心中。」

「仍不明白。」

「你看到我就不會寂寞，是嗎？」

「是。」

「你看不到我時就很想我，會想我去了哪，在做什麼，很想我在身邊，是嗎？」

「……是。」

「而男人的寂寞在心中，不是因為伴侶是否在身邊，而是因為心裡太滿太多不知該掌握住哪個。」

「你越說我越不明白。」

「我看不見前面的路……」

「說得具體一點。」

「我，不知道為什麼生存。」

「很多男人也不知道。」

「我用盡積蓄，沒有工作，這裡也要交還。我已一無所有。」

「你，還有我。」

「你和我一起生活會很痛苦。」

「我有積蓄，我有工作，我有住的地方。你有我，就擁有你失去的一切。」

「那你呢？」

「我，只需要你。」

開門的聲音把王興國從回憶中拉回現實，他轉身一看果然是芷若。她剛洗澡完，誘惑的身軀沾滿水滴更惹人遐想，她用毛巾抹著秀美的頭髮，向王興國發出甜美的笑容。

* * * * *

「1919年5月4日分別來自北京十幾間學校的三千多名學生從四面八方匯集到天安門，學生每人手持一面白旗，旗上寫著「廢止二十一條」，「打倒賣國賊」等標語。學生沿途並散發傳單，告訴民眾知道日本在巴黎和會要求吞併中國的領土，望全國各界一致起來「外爭國權，內除國賊」。下午四點左右，大批學生來到趙家樓的曹宅，猛烈的叩擊曹宅大門，局勢開始失控。在混亂當中，有學生砸開曹家窗戶，跳進去打開大門。外面的學生們一下就衝破阻擋，蜂擁而入。四點半左右，曹宅突然起火，躲在鍋爐間的章宗祥幾個人慌忙竄出，由於章宗祥穿著禮服，一下就被人認出，結果被堵在後門被學生痛毆，學生以為他是曹汝霖，有個學生拿了個鐵桿敲了章宗祥的腦袋，章宗祥順勢倒地，學生們以為他被打死了，一些人便嚷著「曹汝霖」被打死了，一邊逃跑了。此時日本人中江醜吉衝了過來，將章宗祥攙扶著，連抱帶拖的出了後門。火起後，大批的巡警趕來，最終將學生們驅散，並當場抓捕了三十二人。隨後，消防隊趕到現場將大火撲滅，但此時的曹宅已經燒得只剩下門房和西院的一部分。所幸的是，曹汝霖及其家人也都趁著火起的時候偷偷溜走，並無人員傷亡，除被打的章宗祥和中江醜吉外。」古華生在課堂上講述五四運動的軼事，剛巧王興國經過課室門外，他好奇地從窗邊望進去。

「同學們，你們覺得那被捕的三十二個人，應否受罰？」

「當然不用，大事大非，愛國無罪。」

「抗日嗎！打賣國賊是應該的。」

「外爭國權，內除國賊。鬥爭有理，造反無罪。」

「學生是看到國難當前，才會有這樣激烈的行為，應該值得原諒的。」

「學生犧牲自己，成就大義，不應受罰。」

眾同學全都支持學生運動，讚美聲音此起彼落，唯獨葉香香默默坐在一旁。

古華生看到平時搗蛋的葉香香，不禁好奇，於是問她：「葉香香，你是否有特別的意見想說？」

葉香香看了一看四周說：「俄羅斯作家陀思妥耶夫斯基的著名作品《罪與罰》的主角是一個激進的大學生，他為民除害殺了人見人恨的放高利貸老婦，用她的錢進行更偉大的人類事業。大家認為這個大學生應否受審判刑？」

「什麼偉大的人類事業？」

「自由、民主、公平、正義……或具體一點，街頭露宿的得暖枕，困苦飢餓的可飽肚，婦孺殘弱的有依靠，殘障疾病的被醫治，諸如此類。」

「若果可以幫助其他有需要的人，我覺得他不應受罰。」

「所以殺人也可以？」

「若果他的目的是為了大眾的，非常時期必須用非常手段。」

「一個人的死，換來一千個人的生存，這是簡簡單單的算術！我也看過這本書，那大學生還說如果牛頓的理論在出現之前，若有人陰謀的阻撓，需要犧牲十個或一百個人，甚至更多的人，才能面世，那麼牛頓就有權利，甚至有義務，滅掉這十個或一百人，使他的偉大理論被人類知曉。葉香香，你看過這本書不表示你有什麼特別，我也看過，你提出的問題跟古老師的問題性質不同。」

「有什麼不同？」

「學生沒有殺人。」

「但有打傷人及放火。」

「打的是賣國賊。燒的是不義之財。」

「誰定了他們的罪？」

「人民」、「大眾」、「中國人」、「學生」、「知識份子」、「有良心的人」、「愛國的人」……學生們爭相搶答。

「噢！以你們這麼說，那麼為了群體的利益，就可以剝奪個體權利？」

「什麼群體？什麼個體？」

「舉一個例子，但希望你不要憤怒。假如我們知道你身家豐厚，現實你的家族真是名門望族，但你為人自私自大胡作非為，惹人討厭，班裡全都認為殺了你和你全家，把你的財產平均分配是對我們有最大的好處。於是我們就可以殺了你和你全家人。你還不明白？」葉香香望著剛才說自己也讀過《罪與罰》的同學說。

眾同學鴉雀無聲思考這個問題。

葉香香用更強硬的語氣緊接。「為了群體的利益，就可以剝奪個體權利？這才是老師要問的問題。」

「那你覺得答案是什麼？」剛才說自己也讀過《罪與罰》的同學問。

「情有可原，法無可恕。」葉香香用八個字總結她的答案。

課堂後，古華生跟王興國坐在圖書館的辦公室內閒談。

「剛才的女同學的意見非常成熟。」

「是。她叫葉香香，年紀比其他同學大兩歲。似乎是有些經歷，所以思想比較成熟。很特別的女孩。」

「不只是成熟，還很有見地，比很多大學生的思路更清晰，更懂得道理。」

「我在法律學院時，我們研究近代中國一些具有爭議性的事件，這件『火燒趙家樓』就是其中一個案例。」古華生畢竟是法律專業，他補充地詳細分析下去。「5月5日早上，北大法學院刑法學教授就被學生包圍，他們關心的是昨天行為的法律問題以及被捕同學的責任。教授的回答是：『法無可恕，情有可原。』」

「法無可恕，情有可原。」

「從法學專業角度來看，學生的行為雖出於愛國熱情，但事情本身卻是違法。不管任何人或任何原因，事件本身已構成刑事罪行。檢察官提起公訴，這是職責。至於案情怎麼判，包括情與法之間如何權衡，乃是法官的事。」

古華生說到法學滔滔不絕，表現出他對法律的熱忱和學識。

「華生，你果然是讀法學，分析得頭頭是道。」

「這是涉及法治的一個非常重要的基礎價值，在所謂為國為民的「正義」的名義下，可以剝奪、踐踏個體的權利，甚至可以使用暴力。美國獨立宣言和憲法，全都沒有提過「民主」這個詞，是要避免暴力的群眾革命，以正義的名義來剝奪個體權利。」

「為什麼你在課堂上沒說出你的見解？」

「是給學生們可以有自己思考判斷的空間。」

「那你怎樣看學生運動？」

「在守法的情況下我是絕對支持他們，堅持法治精神，奈何若果當權者沒有建立一個公平公正公開的社會，於是一群受壓迫被捆綁思想言論的人民，最低下層為生活奔波勞碌透不過氣的民眾、有能力卻得不到上游機會的年輕人，在長期被剝削之下為生存不得不反抗而挑戰當權者，衝擊法治……這一點我情感上不得不體諒。亦使我感到法治的脆弱，要有真正健全的法治社會，教育是最重要的。」

「所以，你選擇當教師。」

「是，只要有一個在我教育下成長的年輕人，懂得借鑒歷史，確保社會公義，擁有以民為本的一片無私之心，先天下之憂而憂，後天下之樂而樂，能以身作則。將來有能力成為當權者時，這就是確立法治社會的福氣。」

「你很清楚知道自己的人生目標。」

「身為男人必須要清楚的。」

「但我就不清楚。只是隨意活著，最好是戀愛，是靈感來源。」

「因為你是藝術家，你比別人脫俗，用另一種眼光看世界。」

「說是藝術家，不如說是一個混世泡女的無賴更正確。」

「我只懂法學，所以目標離不開這個。而你懂得藝術、文學、攝影，還會做生意。生活多姿多采，哪有空閒。」

「為生存忘了生命。」

「有人年輕時已經找到人生目標，有人成年後才明白，這是際遇不同。重要是不要放棄，否則一生白白過去。」

明月映照之下，王興國一個人在路上思考人生目標這個巨大問題，如洪流泛濫般漸漸地淹沒了他。古華生明確展示出一個有目標的人生，而他自問半生過去，勞碌地生存著卻沒有什麼意義。既然他已經一無所有，那就沒有任何顧慮。他要選擇往後的人生，他要尋找出他自己存在的目標。

*　*　*　*　*

清晨，天還未亮。王興國站在窗邊，望著黎明前黑夜的景色。那個夢仍然纏繞著他，他不得不正視這個夢景，尋找一切有可能解釋這個夢的可能性。王興國背後遠處房門外，芷若裸著身體出現叫他。

「興國，又做同一個夢？」

「有些相同，有些不一樣。」

「不如我們一起出外旅遊……順便見見我家人。」

「你家人？」

「是，他們在北京生活。」

「北京……」

「也許你可以往你夢裡的地方走一趟。」

「那座建築已經拆了。」

「但那地方還在。」

「不重要，那只是夢。」

「每天出現的同一個夢，會不重要？」

「為何你會覺得重要？」

「因為你覺得。」

「我只是好奇。」

「你跟我一起只是因為好奇嗎？」

「我說不過你。」

「你說不過你自己。」

「為何你總能找到原因。」

「你也能，可惜你總是逃避。」

「因為我對生活不感興趣。」

「是你被生活消磨。」

「我鬥不過生活。」

「是你沒有爭取過。」

「為什麼你總是咄咄逼人！」

「我不希望你沉淪下去。」

「我為何會沉淪？」

「內咎。」

「……」

「人生是不斷的選擇，不斷的犯錯再選擇，再犯錯。」

「看來你很有智慧，為何你會因為失戀而犯錯？」

「當局者迷。正如你現狀。」

「如果最後審判降臨，那一刻你最想做什麼事？」

「我們在一起。」

「我們在一起？」

「是，你還有我。」

「那你？」

「我已經有你。」

王興國望著這個痴心少女，謎一樣的少女從夢中來到現實，不禁暗自產生一刻快感和自豪。然而，過去的經驗提醒自己曾經的選擇是一個又一個的錯誤，這樣子的快感不知是否再帶來另一次的錯誤選擇。但是，他也很清楚知道自己現在是一無所有，那怕再一次選擇錯誤，走一趟也沒有損失，因為自己再沒什麼可以損失了。這算是為自己的人生做最後一點事情吧。

第三章

電視機屏幕播放出日以繼夜的申冤，無力的叫喊聲並沒有超越邊界，激動的情緒圍繞著四周的空氣，如煙霧般迷惑著雙眼。我想不透世事，想不通真相。已經呆坐家裡一個月，太太沒有理會我的回應已急不及待把一切衣物收拾妥當，帶著孩子回去她在加拿大的老家，永遠不會回來這個地方。我倆為了走與不走爭吵不停，各持己見互不相讓，家已不成家。

「我走，你來不來你自己決定，孩子必須跟我一起走。這個鬼地方就留給你。」

我目光呆滯，腦袋空空的，完全沒有把她們的說話裝進去。眼光光地看著太太和孩子離開了。我腦海中重組著人生已走過的日子，堅持的信念突然倒塌，原本的人生完結了。

法治是社會國家的根基，這是多麼大的笑話，欺騙了多少代的人民百姓。孩子是犯罪了嗎？只是一些別有用心的人乘虛而入，借題發揮，把年輕人單純的思想扭曲成凶狠的政治鬥爭。我心裡極度難受，為什麼成年人的世界總是不容許夢想？這個世界自從上世紀末就顯露出年長對年輕、上流對基層、富貴對貧賤，種種類類的壁壘分明，催化一代又一代年輕人激烈憧憬不一樣的未來。

「容許這幫人放肆任意妄為，你可以想像一下國家會變成怎樣？會亂成怎樣？我們民族上百年被欺凌壓迫，對外對內的虛耗，不單是一直以來的賠款割地，而是一個民族的尊嚴和生命。多麼困難才可以得到和平、才可以休養生息。十年動亂言猶在耳，荒唐、痛苦、混亂，一切如似昨日。現在怎可以再讓這樣子的事情重蹈覆轍。」古華生的上司兼恩師義正辭嚴地責罵他。

「他們沒有做過任何暴力行為。」古華生反駁。

「他們沒有暴力行為，但是有充滿暴力的扇動言詞。四周沒有太高文化水平的人正被某些另有企圖的人矇騙，暴力行為一觸即發。」

「怎可以毫無根據就妄下結論！平民百姓不是身體力行支持，不是跪下哀求不要傷害孩子，哪裡看到百姓有暴力行為？」

「你只選擇看見你想看到的美好，卻遮掩醜惡的一面。」

「你只是為事件找藉口。」

「你是讀歷史的，你必定很清楚這些微的暴力星火會有多麼大的力量把整個國家民族燒毀。而事實證明了，當群眾變得瘋狂時是何等凶殘恐怖，你不是看不見一具又一具的屍體嗎？被火燒的、被吊死的，他們不也是年輕人嗎？難道是他們做錯！」

「他們……不是因為他們先……」

「以暴制暴。是嘛？正確嗎？那麼這個世界會變成什麼樣子？」

「那麼孩子們有錯嗎？他們犯了法嗎？」

「這個等法官來決定。」

「那我們律師可以做什麼？」

「在這裡的律師什麼也做不了。」

「那麼那邊的律師呢？」

「古華生，你是清楚知道的，兩個地方是兩個法律制度。」

「那麼我現在可以為孩子們做什麼？」

「為他們流淚。」

「已一直在流……」

「然後牢牢記住一切，然後……」

「然後？」

「想方法為自己解脫。」

「為自己解脫？」

這個月來我一直為自己解脫而苦思苦想，不眠不休把自己困在家裡。最後，眼白白地看著太太和兒子離開，卻不能找出任何理由把她們留下。我看著牆壁上的家庭照，孩子出生時被母親抱著、孩子第一次懂得站立行走、孩子在公園玩耍奔走、孩子穿上幼兒園校服在校門外哭、孩子穿上小學校服帶著笑容上學……我內心深處產生一點靈光，欲伸手觸摸孩子相片，突然發現自己一直坐在椅子上，一個人在這個家裡，只有電視播放著人群的叫喊申冤，如行屍走肉般咕咕嚕嚕地發出一無所有的哀鳴。

* * * * *

三年後早上的明信學院圖書館內，古華生正把王興國送給他的一幅大畫指示工人把畫掛在牆上。畫作是王興國用了半年來臨摹米高安哲羅的《最後的審判》。

「沒有畫畫多年，用半年畫這幅畫總算不太丟人。」

此時，剛大學畢業做見習老師的陳家強初來報到。向古華生問安：「前輩，早安。」

「王老師，你好。今天這麼早就來了？」陳家強看著圖畫好奇地：「這是文藝復興時期，那個……我忘了名字。」

「米高安哲羅，自從他完成西斯汀教堂天花壁畫二十四年後，1534、5年左右開始畫的，六十多歲高齡仍一個人獨自用了五年時間完成。」王興國解釋。

「是啊，是啊。是米高安哲羅。他是一個人畫的嗎？這幅畫原作尺寸好像是不小的啊。只有一個人獨自完成它，真是非常了不起。」

「原尺寸大概是13米乘12米，比一個籃球場小一點。不過困難的地方是高度，畫家要把在較高位置的人物畫大一點，使從地上看上去這幅壁畫內的人物比例一致。」

「很困難呢。」

「對於米高安哲羅來說，這個已經不是困難了。」

「還有更困難的？是什麼？」

「要說這個就要花上至少一個小時了。」

「好了，興國我要去上課。你不怕陳老師麻煩的，可以跟他再聊一下。」古華生打斷了他們的說話。「家強，不要阻王老師太多時間，還有今早你要負責圖書館的工作。」

古華生向王興國道別後拿起上課用的書本離開。

「多謝你這兩個月來說了這麼多藝術故事，我獲益良多。」

「難得有人喜歡聽。」

陳家強傻笑著，他不習慣被人讚美，顯出尷尬。

「米高安哲羅在 1508 年被羅馬教皇儒略二世委派在西斯汀教堂的天花畫壁畫，說這幅《創世紀》之前必須說一下當時同一個時期的另一個有名的畫家拉斐爾。假如兩個藝術家出現在意大利羅馬市中心的街頭，你會看見穿著潮流趾高氣揚的拉斐爾，他身邊圍擁一大群跟隨者，街上路人投以羨慕目光並讓出路來給他走過。相反米高安哲羅就如一個乞丐般穿得衣衫襤褸，低頭沉思孤獨地走在街道的邊緣。但是縱使拉斐爾身份地位和知名度有多高，他無法不接受米高安哲羅的才華，他深知米高安哲羅會成為他最大的競敵。根據米開朗基羅的自述，是多納托・拉孟特和拉斐爾說服了教皇委託米高安哲羅在他不熟悉的一種媒質上進行創作。這樣的話，米高安哲羅與他的對手，正處在高峰時期的頂尖壁畫畫家拉斐爾相比時就會相形見絀。原本米高安哲羅是要成為雕刻家和建築師，雖然學過油畫但從未畫過教堂內濕壁畫。所以，教皇居然委任一個對畫濕壁畫完全沒有經驗的畫家來負責這項大型項目，就算是多有名氣的畫家，還是有點奇怪，說是拉斐爾的陰謀也會使很多人信以為真。回說教皇原來只是給米高安哲羅天花壁畫的主題是十二門徒，米高安哲羅為了自己的名聲和證明實力，他做了一個出人意表野心巨大的決定，「創世紀」這個念頭就是這樣產生。米高安哲羅用了四年時間一個人日以繼夜工作，由於他不熟悉濕壁畫的技巧，不是鋪上的灰泥太濕而掉下來，就是太乾顏色彩料還未完全油上就整幅天花乾掉。一次又一次把畫過的灰泥剷去，重新畫上。獨自一人完成浩大繪畫工程的米高安哲羅在繪製這幅巨作時，他把自己封閉在教堂之內，拒絕外界的探視和其他助手的協作，從腳手架設計到內容安排、從構圖草稿到色彩實施全部由他獨自一人親自動手完成。其繪畫工程之浩大和艱鉅性甚難想像。『我的鬍子向著天，我的頭顱彎向著肩，胸部像頭梟。畫筆上滴下的顏色在我的臉上形成富麗的圖案。腰縮向腹部底位置，臀部變成秤星，壓平我全身的重量。我再也看不清楚了，走路也徒然摸索幾步。我的皮肉，在前身拉長了，在後背縮短了，彷彿是一張弓。』這是米高安哲羅對他近五年工作狀態的描述。這期間，米高安哲羅天天仰臥在十八米高的台架上，以超人的毅力夜以繼日地工作，當整個作品完成時，三十七歲的米開朗基羅已勞累得像個老人了。由於長期仰視，在工程完工之後的幾個月內，他的頭和眼長久不能低下，連看一封信也必須拿起仰視。米高安哲羅正是用這種生命的代價完成了天頂畫，而他留給後人的是不朽的宏偉傑作。仰望教堂天頂，沒有人不發出奇蹟的讚歎。」

「那麼在藝術價值上《創世記》比《最後的審判》更高。」

「這個不能單從作品衡量，藝術作品和藝術家是不可分割的。前者可以看見正值盛年的藝術家不屈不撓的毅力，有氣吞天下的宏志與及他對信仰的強烈熱情。後者表現出年邁老人仍然充滿魄力，對死亡的恐懼心理。當這樣看米高安哲羅一生時，不禁明白他為什麼把自己畫成一張人皮。猜想到他明白就算自己藝術成就多麼偉大，到死後也只不過是一張沒有血肉的人皮，用中國人的說話就是一個『臭皮囊』而已。」

「一個這麼偉大的藝術家居然有這樣的思想。」

「最後審判對每一個活在世上的人早已出現，誰可享受天堂黃金的國度就成為尖子，誰要落入煉獄火燒就去做個普通人吧。人間是天堂也是煉獄，貧賤凡庸的人在出生時已經被審判，一生活在這裡受苦，不知何時何日才可以從永恆煉獄火焰的酷刑折磨裡解脫出來。命運已經安排了我們的一生，這就是最後的審判。」

* * * * *

見習老師陳家強一直思考著剛才王興國說的話，最後的審判早在我們出生時已經發生了。若是事實，那麼就完全明白為什麼這麼多貧苦賤民從來沒有機會可以改變生活，而且還會把貧窮一代傳一代，永遠沒法子脫離苦海。他不知不覺地經過學校課室外的走廊。突然一間課室內傳來一個女學生的不雅說話：「如果她抓住旁邊男人的『賓周』，名副其實的『抓周』了……」同學們聽罷也同被惹得發笑起來，瘋狂地大笑的聲音響徹整條走廊。

陳家強不自覺地站到那課室門外。

突然，「呼！」的一聲巨響把全班房內的學生嚇得愣住了。古華生：「葉香香，請你到門外站立思過。」

一刻靜寂。

陳家強正想側耳把頭依近門口，課室門突然被人用力打開，一個面貌清秀的女孩衝出，二人四目交投，女孩雙眼充滿火焰氣勢洶洶的把陳家強嚇呆了。陳家強張口結舌，手足無措：「啊……呀……對……不起……」。

門內那沉厚的男人聲：「葉香香，還不離開課室，要我找校長請你離開嗎？」

葉香香用力把門關上，怒目瞪著陳家強。葉香香碰到這個年紀相約、傻瓜般的男人，正好把心中氣憤發洩出來。「你是什麼人？可以在學校隨便亂走，還鬼鬼祟祟偷聽，一點道德也沒有，你好人有限……你以為是成年人就可以胡作妄為嗎？這裡是學校，有規有矩，你不願遵守大可不進來，你有權選擇離開，否則就該守這裡的規矩……」

陳家強被葉香香罵得一臉灰，心想自己真的有錯，但身為老師，雖然是見習老師，但也不該白白被一個女學生，而且是一個被罰到課室外站立思過的女學生當著這麼多課室的走廊上大聲責罵。陳家強心裡不爽，但因為自己是來實習，不想弄大事情，就想溜之大吉。

但是，葉香香得勢不饒人，捉住陳家強的手不准許他離開。「你以為可以就這樣不了了之嗎？逃走可以逃避責任嗎？就算你的身體不存在，你要負的責任也不會消失。你懂得什麼叫遺臭萬年嗎？就是有些人以為做了不公義的事情，可以用權勢來掩飾，以為可以用時間來清洗，我們會掉淡忘記嗎？……你把我們當什麼人？你做錯了事情，要我們來承受後果！還一次又一次偷走我們的權利，剝奪我們的自由。你以為你是成年人就可以為所欲為，今天你掌權，是因為我們默應容許，他朝我們忍無可忍，難道你用我們給予的權力來對付我們嗎？……」

陳家強被罵得糊塗。因為葉香香無的放矢大聲痛罵，弄得隔壁課室的老師走出來看望，陳家強很尷尬地跟老師們一個一個點頭打招呼，輕聲道歉。此時，葉香香身後的課室門打開。

古華生：「葉香香！你吵什麼吵過不停？」

陳家強感到救星來臨：「古老師……」

葉香香瞪了古華生一眼，動作純熟地別過臉攤開手板，可以想像葉香香早已習慣。葉香香放開捉住陳家強的手，陳家強立即往後退到葉香香伸手捉不到的位置。古華生毫不留情、木無表情地用木長尺打在香香的手掌上，看得旁人也戚然，只是香香鬥氣地咬緊牙關，一哼不響。

古華生狠狠地打了數下後，拋下一句：「下課後到圖書館的職員室見我。」古華生看見陳家強尷尬地站在一旁：「陳老師，你不是要在圖書館工作嗎？還呆站在這裡做什麼？」。

眼睛微微泛紅的香香暗中搓了搓手掌，顯然痛不可耐。她怒目瞪著陳家強，口中唸唸有詞。其他老師見事情了結便各自返回自己的課室內。陳家強看見葉香香被罰也感難過，但葉香香的氣勢明顯有增無減，心想現在還是避之為妙，留待未來合適時間才問候葉香香吧。於是陳家強低頭轉身離開，但他感覺到背後從葉香香身上發出的火越來越大，熱氣騰騰直逼背後，他感到危險便加速急步離開。古華生確定一切事情解決後，便轉身回到課室內。

*　*　*　*　*

下午下課後。古華生慢慢走去圖書館，遠遠看到在圖書館內陳家強將一堆堆疊起的書本放入紙箱內。生性身體四肢感覺遲鈍的陳家強，拿起一疊書本也會掉下兩三本才移入紙箱內，甚至轉過身體也把一疊疊放在地上的書本弄翻，令書本四散掉落地上，他要重新把書本疊起來。這樣子掉下、收拾、移動、放下的過程，重複又重複，把工作時間多用了一倍。陳家強又一次撞倒身邊的書本，手上的書本也掉在地上，差點滑倒，他及時抓住書架才保持平衡。他越想越氣憤，拾起剛弄翻的書本一本本疊好：「《中國歷史下冊》、《明清簡史》……」從腳下拿出一本書：「《飲冰室全集》，梁啟超……這些有關歷史、文學的書好端端的放在這裡，為何要移去三樓，多不方便同學們尋找……況且我是來當實習老師，不是來當苦力的……」

「在學校當老師就是什麼也要做！」古華生已經輕步地走到陳家強背後。

陳家強驚訝地：「前輩……你……什麼時侯進來的？」

古老師淡淡地說：「是你把梁啟超著的《飲冰室全集》弄掉在地上之前……你沒看清楚背後情況就轉身，剛才把身後的書本弄翻，你的腳正正是踩在《飲冰室全集》的書面，還差點把你滑倒，幸好你把手上的書全掉在地上，才可以空出手來扶著書架不至跌倒……而那本《飲冰室全集》應該比你傷得更重。」

陳家強尷尬地：「前輩，不要挖苦我呢。我日常不太做運動，所以身體四肢比較不協調。」

古華生走到陳家強前，取走他手上拿著的《飲冰室全集》，拍打書面由鞋印造成的灰塵，然後仔細檢查：「還好只是書面弄皺，其他地方沒太大損傷。」古華生把書伸給陳家強：「用膠料給這本書的封面妥善包好，以防這脆弱書面頁會破損下去。」

陳家強不大情願地接過書本：「反正這些書都會移到三樓，它也將會不見天日，何必多此一舉？」

古華生用威嚴的語氣：「這些書雖然被移到別處，可能不見天日，但是只要有一個有緣人拿出來看，這本書就擁有比其本身更高的價值和尊嚴……把它處理妥當，不要隨便了事。」

陳家強被罵得滿臉灰子：「知道……」

古華生欲轉身離開之際，回頭吩咐陳家強：「一會兒我要到副校長室和校務主任開特別會議，所以我會遲些過來，你繼續把這些書本搬運到三樓，待我回來再給你其他工作……還有，學生葉香香會過來找我，你把她留下來，不要給她找藉口離開……葉香香這個學生真難處理，時常製造麻煩……」

陳家強面有難色：「前輩……葉香香是否今早你罰站出課室外的那個學生……她……看來好凶……我怕……我……」

古華生不太高興：「你是老師，她是學生，一個老師管理不到一個學生，你相信你的實習會合格嗎？」

陳家強更尷尬地輕聲回答：「前輩你教學經驗豐富也說這個葉香香難處理，何況我這個未畢業的學生老師……」

古華生開始覺得陳家強為人處事婆婆媽媽，帶點不耐煩：「你是以為輕聲說話代表我是聽不到？還是故意輕聲給我知道你在埋怨我！陳老師，我是看你作為一個正式老師來看待，所以才讓你用自己的方法去處理。如果你覺得難為情的，我可以教你怎麼做。」

陳家強知道古老師語言上是責備自己，但他有自知之明，還是承認自己能力有限：「前輩……請你指教！」

古華生看到陳家強的軟弱樣子，不禁嘆息：「你要學習如何增加男子氣概……唉！」他望一望四周再說：「你叫葉香香幫忙，把這些書本搬到三樓吧。我不相信她可以一個小時內完成，我也會一個小時內回到。清楚了沒有？」

陳家強感覺踏實了，肯定地回答：「知道！謝謝前輩……其實，那個……葉香香是怎樣的學生……她看來很凶，雙眼好像會噴火般，單是眼神就可以殺人，而且力量也很大，我今早給她捉住時，多費勁也擺脫不了她。很可怕！」

古華生邊笑邊離開：「你把她說成是一隻會噴火的怪獸呢！怎凶也好，她只是一個學生，而且是女生，她可以有多恐怖呢？耐心點對待她，給多一點時間瞭解她，她也只不過和一般學生一樣吧……一會兒見。」說罷，已經關門離去。

陳家強一臉無奈，突然他身上的傳呼機響起來，他慌忙拿出來急急關上聲音。四肢遲鈍的他，還差點弄掉傳呼機，幸好保住它不被掉在地上。他四周張望，幸運地沒有其他人在圖書館，否則他又給自己掉臉了，他立即把傳呼機調校至振動模式，再看一看傳呼機，緊張地跑進圖書館職員室，把傳呼機放在電話旁邊，拿起電話筒撥打電話。不一會：「未來老婆大人！你找我？有什麼事？……不……不是，你沒有事情也可以找我……我有些工作還未完成，還要等前輩回來……不……我是在學校，我沒有出外……沒有……我在這裡實習不到一個月，天天不是跟著前輩，就是困在圖書館……沒有……沒什麼談得來的同事……女同事？沒有呢……女學生！更加沒有……知道！我下班後就立即過來……知道！我把西服套裝帶上了，一會兒換了衣服就過中環找你……知道……不會遲到……有！我戴了你送給我的腕錶……知道，我怎也不會除下來的……不會！一定不會！……我非常清楚未來岳父岳母是非常不喜歡別人遲到的，六時正嘛，我會早十五分鐘到……明白……一會兒見。」陳家強呼一口大氣。

「我是葉香香，來找古華生老師。」葉香香突然在圖書館職員室門外大聲說話。

陳家強給葉香香突如其來的大叫，嚇得手忙腳亂地把手上的電話筒弄掉在地上。他在慌亂中還把椅子和電話旁的雜物一同弄翻倒在地上。陳家強一臉尷尬地望向職員室門外：「葉……香香……同學，古老師現在要跟副校長開會……一會兒回來……你……」

葉香香：「哦！」的一聲，二話不說轉身就走。

陳家強立刻呼喊：「葉香香，你不可以離開。」

葉香香停下來轉身，懷疑地：「為什麼我不可以離開？難道你想禁錮我嗎？你是誰？可以不說道理就禁制別人的行動……」

陳家強沒待葉香香把話說完：「我是……老師！……我命令你留下來……把外面書架旁邊地上的那些書本搬到三樓……所以，你……不可以離開。」

葉香香訝異地瞪大眼睛看著陳家強，心想這個不知死活的男人居然命令她。於是心計一轉，就跟這個男人玩一玩，把語言變得柔和：「請問老師是教什麼科目的？」

陳家強以為葉香香被他的威嚴壓服，膽也大了：「我……我教中國歷史……及中國文學的。」

葉香香故意誇張地：「啊！奇怪了，中國歷史和中國文學科不是古華生老師負責的麼？那你……？」葉香香再誇張地表示出疑惑。

「啊……因為……因為……我是跟……古老師……學習……教學……方法的。」

「來學習？那你是老師還是學生？真攪得我糊塗。」

「啊……我當然是老師……不過，暫時來做……見習老師。」

「啊喲！原來是見習老師，即仍然是教育學院的學生……」葉香香冷冷地站在大門前，很優雅地伸出手指著陳家強：「那你只不過是個學生！」

陳家強不得不承認，硬著臉皮勉強振動著的嘴巴：「不是教育學院，是大學的學生……啊喲，是……我仍然是一個學生。」

葉香香露出冷傲的笑容：「你是學生，又怎可以向我下命令，那麼我沒有責任必須要完成你的說話了，對嗎？」

陳家強一時啞口無言。葉香香見陳家強一瞬間已經不敵自己，感到無趣味，於是又心生計謀。她看看職員室牆上掛著的鐘，時間差不多四時，再看到陳家強短袖襯衫露出的手腕上的腕錶，她嘴角微彎眼神露出「古惑」：「不過……雖然你仍是學生，但算是半個老師，我就破例一次，遵從你的安排。」葉香香箭步奔向陳家強，一個轉身拉著他的手走出職員室。

突然，葉香香大叫：「啊唷！……老師的腕錶弄傷了我的手，你快把它脫掉放回你的包包吧。一會兒搬運東西你的腕錶又弄傷我……」葉香香見陳家強遲遲未作出反應，再加幾分責備的語氣：「我從來沒看見過搬運東西的人，戴上名錶首飾工作，如果不小心弄壞弄破了就不堪設想了。」

陳家強心想若腕錶因搬運工作弄損壞了，就真大件事呢！他的未婚妻必定大發雷霆，那時自己就遭殃：「是，你說得對。腕錶損壞了就麻煩呢。」他把腕錶脫下，走到自己的工作位置，把腕錶放進手提袋內。陳家強把腕錶放好後，還看一看牆上的掛鐘，知道時間尚早，一會兒前輩在一個小時內回來，他還有足夠時間換衣服，然後乘地鐵去中環。他表現出一切盡在掌握之內，自信地：「葉香香同學，我們開始工作吧。」

葉香香看到陳家強的一舉一動，按不住笑聲：「嘻嘻……」她立即用手按住，免得陳家強這個傻瓜聽到。

* * * * *

一道道陽光透過窗子照進圖書館大堂，因為是夏天時份，日照時間很長，已經下午差不多六時仍是陽光燦爛。

陳家強和葉香香搬運一箱又一箱的書本從地下經樓梯移到三樓。其實，這樣子搬運的工作平常要花上一整天，由陳家強一個人完成也許要兩天多，本來多一個人幫忙，應該回復正常的工時。可惜，陳家強卻遇上這個搗蛋的葉香香，她故意在雞毛蒜皮的事情上挑剔陳家強，陳家強卻蒙在鼓裡不時停下工作解答葉家家的問題。

「見習老師，這本書的作者叫無名氏，為什麼叫無名氏？是不是沒有人知道作者所以叫無名氏？……」葉香香隨便拿起一本書，隨便找個問題。

陳家強停下工作，把葉香香手上的書拿過來看：「你真是問題學生，什麼小東西都可以成為一個又一個問題……《北極風情畫》無名氏著，這個無名氏是一個筆名，他原名……叫……卜乃夫，它起只是礙於朋友的請求、為填補報紙的篇幅而寫的，連作者自己對此也無多大信心。而且在抗戰時期，這種遠離抗戰時代主題的純愛情小說，勢必要受到來自官方和進步文化界的批評。他用無名氏的筆名，也許預感到這篇小說可能引起麻煩，所以要用筆名來緩解對自己造成的壓力……」

「《北極風情畫》這本小說在1943年11月《華北新聞》上連載，每天一節，約二千到三千字，且常附木刻版畫。小說全文有十五萬字，作者只用了十八天就完成，平均每天幾乎要寫八千字。這篇小說掀起了連作者都意想不到的波瀾，一時，《華北新聞》銷路大增。甚至形成了一種『滿城爭說無名氏』的盛況，《北極風情畫》使無名氏聲名鵲起，一夜之間成為了大後方知名度極高的名作家……」突然古華生的聲音在陳家強和葉香香背後響起。

陳家強回頭看見古華生，不禁鬆了一口氣：「前輩！你回來就好了……我把葉家家交給你……我有事情要六時去到中環，我要先離開……」

「六時到中環？……現在已經六時了呢……我還以為你已經離開了……」古華生看一看自己右手的腕錶驚訝地。

「什麼？已經六時？陽光仍然飽滿呢……」陳家強伸出手想看腕錶的時間，才醒覺把腕錶放進手提袋內，剛才工作的時候也想看時間，但忙於工作也忙於解答葉香香的問題，漸漸忘記了時間。陳家強慌慌忙忙把手上的書掉在葉香香懷裡，立即跑去職員室：「大件事……今次大件事……」

古老師問葉香香：「他不知道看時間嗎？……」

葉香香聳一聳肩：「這位……見習老師，很傻瓜。嘻！」

「大件事……今次大件事……遲大到……我今次一定死了……為什麼我要除下

腕錶……大件事……死喇……」陳家強在職員室內大叫大嚷，非常緊張。他穿上一件熨得筆直的黑色西服外套，仍然穿著工作時弄得皺皺髒穢的袖衫和長卡奇色西褲，穿著得不倫不類，他拿著手提包和用衣袋收起餘下沒穿上的筆直西服跑出職員室直奔大門：「古老師……你不是說一個小時內回來嗎？……大件事了……」話還沒說完就奪門離去。

「會議花多了時間，我曾給你電話，但你沒接通……我以為你不會等我回來！」古華生想給陳家強解釋，但陳家強已經離開了。然後問葉香香：「他有什麼緊要事情？」

葉香香笑嘻嘻地從衣袋中拿出腕錶扣回手上，冷冷地說：「約了未婚妻的家長見面。」

古華生見狀，心想一定是這個搗蛋鬼作怪：「葉香香！一定是你的傑作……跟我進入職員室。」古華生帶頭進入職員室，看見職員室內物件混亂非常，地上滿佈雜物，電話筒沒有放回正確位置，電話旁還有陳家強留下了的傳呼機，椅子弄翻……古華生逐一整理好，然後坐下。

香香站到古華生的工作檯前把《北極風情畫》隨意放在工作檯一角，嘴裡還不停咬著香口膠。

「你對陳老師做了什麼？」

「沒有啊！他叫我搬運書本，我跟著他意思做……不過，我看見有些書本沒有看過，我就問了很多問題，他好有耐性的回答我吧。」

「你為什麼除下腕錶？」

「哦……工作嘛……搬運工作不要帶著腕錶飾物，弄壞弄破了就不好呢！」

「呀……所以你也用同樣理由叫陳老師把腕錶除下……」

「我為他著想，他把未婚妻送給她的腕錶弄壞了就不堪設想呢。」

「你怎麼知道腕錶是他未婚妻送給他？」

「我聽到他向電話筒內說是未婚妻……啊喲……」

「啊唷……所以你亦都知道他約了未婚妻見家長……」

香香一時之間不知如何反應。

古華生接著說：「我今天上課談到『抓周』的傳統，你有何看法？」

香香心想老師轉了一大圈子，還是回到今早自己在課堂胡鬧的事情上，不過香香與老師交談至今，也沒有被嚴重責罵。香香繃緊的狀態也放鬆了不少：「我覺得是父母輩為求自己的子女登龍成鳳而演變出來的迷信手段。」

古華生微笑著：「你這個想法有見地，表現出中國人多麼強烈欲控制子孫的將來。不過我們試試換過角度想，給嬰孩選擇的東西全是包含著吉祥平安、生活豐裕的象徵意義，這樣不是代表了父母輩對嬰孩的關懷和承諾嗎？因為無論嬰孩選擇了哪個物件，父母輩也會付出一生為嬰孩準備一切呢。」

香香抬頭思想一會然後學老師說話：「你這個想法也有見地。」

古華生笑容滿面：「那麼無論是哪個想法，『抓周』也是沒什麼值得可笑呢！是不是？」

「是，沒有什麼值得可笑。現有的社會模式都是當權的人設計而成的，我們年輕人不跟隨既有的規則就不能生存。『抓周』正正就是這個社會的縮影，年輕人不能有脫離這個社會模式的理想。在學時要比較學業成績的高低，畢業後要比較戶口結餘的多少。這真是沒有什麼值得可笑呢！」

「那你認為什麼最重要？當權者要怎樣做？」

「能拓展年輕人的眼界和技能的都重要，是為發掘自己真性情而學習，不是為成績學習，這個才是教育。然後，讓我們自己選擇自己喜歡的生活。如果這個城市只適合某一些人生活，那麼不喜歡這裡的就選擇另一個合適自己的地方。至於當權者，只要不把同一個社會模式套在全世界，我相信我們有能力為自己找到安居的地方。」

「葉香香，你有很強的觀察和分析能力，我也認同你說的。不過你應該明白認識一個人不能單單靠那人的表面，還要認識他的過去。正如你多一點認識我，你也會改變對我的態度。這個道理同樣可以引用在認識我們的祖國，也就是說要認識祖國的過去才明白今天的模樣。今天開始，你每天要寫一篇日記給我，我會給你一點回應。算是我們大家互相認識一下。」

不經不覺已經夜幕低垂，月亮的光芒透過窗戶照進圖書館，皎潔的月色從窗戶一扇扇溜進，窗外的樹梢搖晃擺動，使月光有如北極光般變幻。這個如幻象般的景色在職員室的門外形成一幅浪漫的背景，對比著坐在佈滿文件書本雜物、職員室內的電光管白色的硬光照下的古老師和葉香香，似是隱約告訴他們，只要踏出門外，他們的人生將變得不一樣的精彩。

古華生站在月下的圖書館窗前，遙望天際。他感嘆葉香香這個年紀已經有這樣的人生價值觀。

＊　＊　＊　＊　＊

教育對於任何國家民族都是非常重要的，你是怎樣就教導出怎樣的下一代，國家民族就成為同一樣貌。我們這代人缺乏了什麼？能否彌補給予下一代人？或許我們根本不認為我們創造的社會有任何缺憾。聽到葉香香的說話後，原來我跟別的人一樣，認為自己的理想就能創造更好的社會。我以為在我教育下的年輕人若能成為當權者，國家民族就會走向正路。原來他們只需要有選擇，而我們只要保証這個社會有多樣性的生活環境供他們選擇。

當人年紀越大，就以為自己懂得比較多，堅持計劃他們的人生，甚至將自己對社會的不滿情緒影響他們的思想言行，製造另一個烏托邦的假像。如果我在葉香香這個年紀就擁有這樣的世界觀，我的人生或許會過得更好。真的羨慕她，青春、活力、人生未來充滿可能性……

＊　＊　＊　＊　＊

翌日，葉香香再次被罰在課室門外站立思過，這次正值小休時間，課室外的走廊人來人往，而且今次葉香香被古華生嚴重地罰扭耳仔和單腳站。

她的同學彩兒故意在香香面前來回不斷，還帶著不同的同學前來「參觀」揶揄一番。葉香香被彩兒氣得爆炸，終於按捺不住用一隻手指著彩兒破口大罵：「你死定了！」

古華生二話不說用書本用力拍一下香香的頭：「死定的是你！誰批准你把手放下來？……我一會回來，你乖乖地在這裡站著！」說罷也往向走廊末的洗手間方向離開。

葉香香馬上把手放回耳朵上，彩兒卻一臉得意地向著香香做鬼臉，向走廊尾的洗手間走去。香香卻繼續狠盯著彩兒和做口型：「包彩兒，你死定了！」彩兒走的方向正好有陳家強出現，陳家強剛巧把葉香香用口型說的「你死定了」看在眼裡。

古華生經過陳家強身邊停下來：「陳老師，看見你這麼精神，是與未婚妻的家長談得好吧。」

「前輩，你為什麼知道……啊……還好……幸好未婚妻聰明，看見我遲遲未到，已經給她的父母說了我在校內有要事辦呢……」陳家強回憶了那天身穿上一件熨得筆直的黑色西服外套，但袖衫是弄得皺皺髒穢的和不稱身的長卡奇色西褲，一手拿著手提包和另一手拿著衣袋，因為從地鐵站全力跑去酒店，汗水濕透了衣服，本來筆直的西服外套的背面也濕透了，顯出一灘深黑色的水漬，他滿頭大汗站在酒店的咖啡廳內，面對未婚妻和她的父母，他強忍急促的呼吸，用紙巾抹面留下大量的紙巾碎屑……陳家強隱瞞了當天惡劣的情況，反正跟古華生說了也挽救不了當時的慘況，心想以後努力點改變岳父岳母心目中的形象。但現在更重要的是想辦法令未婚妻原諒自己。

古華生聽到陳家強的回答，也沒多加追問，轉身拐彎走到洗手間。而陳家強彎腰點頭道謝，然後側頭望著葉香香，慢慢板直腰子。古華生在洗手間門外停下，轉身看陳家強，也看到他慢慢板直腰子。

陳家強內心極度掙扎，口中唸唸有詞：「葉香香這個學生很麻煩，如果現在向她興師問罪，以後就會成為敵人，我在學校的日子不會好過。但是今次事件差點弄到跟未婚妻分手，難以平息心頭怒氣……只是我身為老師，為人師表，怎可以為私人感情欺壓學生……更何況當天是自己沒有看準時間，自己也有很大責任……現在我要用老師的威嚴和胸襟，要她知道她做錯事但是我寬恕她。」陳家強在思想的爭辯上已經戰勝了自己的憤怒，或者說他找到藉口給自己一個下台階吧。

古華生站在陳家強身後，雖然不是全部聽到但估計到大部份內容。「你是否生病了嗎？臉色突然變得不大好。」

「古老師……我……我沒事……剛才……我在想想自己有沒有遺漏上課用的東西。」陳家強從自己的思想中跳回現實。

「那麼這課堂就交給你。」

「是……前輩，那個葉香香又被罰到走廊上站立？」

「她真是一個很搗蛋的學生，要多花點時間，要多花點時間！」古華生重複了多次「要多花點時間」，似乎他是認真思考如何處理葉香香。

二人邊說邊回課室。古華生沒理會葉香香就走進課室，陳家強經過葉香香面前時停下來，深呼吸一口氣，眼睛也沒有看著葉香香，鼓起勇氣：「今次我作為老師原諒你一次，但不可以有下次！」說罷頭也不回走進課室。

葉香香傻眼送著陳家強，感到莫名奇妙，報以不屑的笑容回應他。

*　　*　　*　　*　　*

「葉香香，你覺得我是醫生嗎？只想知道你每天吃什麼喝什麼？」

「老師好厲害，竟然找到我的日記。」葉香香顯著頑皮的笑容。

「你以為用這些雕蟲小技就可以難到我嗎？」

古華生把葉香香過去一個月的日記紙放在檯面，葉香香瞪大眼睛心想古華生真的找到所有日記而驚訝。原來古靈精怪的葉香香沒有直接交日記給古華生，而是把日記紙放在圖書館書櫃裡，然後給古華生一張寫有號碼的字條，古華生用了三天時間就破解了葉香香的小把戲。但他見葉香香天天交日記，就沒有拆穿她。可是整個月葉香香交的日記內容實在令古華生不得不氣惱。

「十一月二日，我早上吃了叉燒包、燒賣、豆漿……，下午吃雞蛋三文治。十一月二十日早上吃了叉燒包、燒賣、豆漿……，下午蘋果。十一月十三日早上吃了叉燒包、燒賣、豆漿……，下午吃火腿三文治。」

古華生隨便拿起兩三張日記，高聲朗讀每張日記的開始。葉香香仍是露出頑皮的笑容。

「似乎你非常喜歡吃叉燒包、燒賣、豆漿。」

葉香香只是笑著點頭。

古華生望著古靈精怪的葉香香，思考如何打開一道門進入她的內心世界。

「這是我寫的一篇文章，想你給點意見。」古華生從抽屜裡拿出數張寫了字的原稿紙給葉香香。

「老師寫的文章，我怎有資格去批評？」葉香香猜想古華生不懷好意。

「你年輕，思維沒有被任何規範枷鎖限制，我需要被像你這樣的年輕人多給意見，才能改善教學方法。」

葉香香欣賞古華生的態度，於是拿過紙張走到圖書館一角坐下，仔細地看文章。古華生遠望著葉香香集中精神的樣子，不知是因為男人的好勝心或是老師的自尊心促使，他為成功打開葉香香對話的門而感到非常高興。

「這篇文章是抱怨社會的不公平，有志讀書的人缺乏在本地升學的經濟能力，天生在富裕家庭的，終日吃喝玩樂也可以輕鬆地到海外留學。但仔細看上文下理，發現作者不是抱怨社會的不公平，而是告訴別人這就是現實生活。人就是活在無數的不公平之中，不要羨慕別人出生在富裕家庭，埋怨自己父母貧窮庸俗。無論富貴貧賤都會面對自己生活的艱難，面對生活克服困難，才是真正的人生。」葉香香一口氣把對這篇文章的意見說出來。

「很好！看得很仔細。」

「還有……作者比較像是一個高中生，或是預科生，不像是老師寫的。」

「你說得對。這是我在高中時期寫的文章。」

「怪不得……」這說話配合葉香香充滿自信的眼神。

「怪不得？為什麼？」

「文章充滿激情，對社會批判字字鏗鏘，是年輕人的思想。既要批判傳統社會的缺憾和陳舊過時，又要站在同輩的高台上顯示自己脫俗高尚的情操。」葉香香覺得自己再次戰勝古華生。

「是否很有親切感？」

「什麼意思？」

「不像是在照鏡子嗎？」

葉香香想了一會，才恍然大悟。

「我也年輕過，曾經擁有過像你一樣的激情，像你一樣的自負。」

葉香香瞪著古華生，找不出反駁的說話。

「這張明信片上的圖片是一塊無名墓碑上的墓誌銘，送給你。」

墓碑的墓誌銘：

「When I was young and free and my imagination had no limits,
I dreamed of changing the world.
As I grew older and wiser, I discovered the world would not change,
so I shortened my sights somewhat and decided
to change only my country.
But it, too, seemed immovable.
As I grew into my twilight years, in one last desperate attempt,
I settled for changing only my family, those closest to me,
but alas, they would have none of it.
And now, as I lie on my deathbed, I suddenly realize:
If I had only changed myself first,
then by example I would have changed my family.
From their inspiration and encouragement,
I would then have been able to better my country,

and who knows, I may have even changed the world.」

（當我年輕時，自由無拘無束，我的想像力從沒限制，
我曾夢想改變這個世界。
當我長大、變聰明一點以後，我發現我無法改變這個世界，
所以，我將目光縮短了些，決定只改變我的國家。
但我依然改變不了我的國家。
當我進入暮年後，我的最後願望僅僅是想改變我的家庭和最親近的人。
但是，這竟然也不可能。
現在我臥病在床快將離世時，我突然意識到：
如果一開始我僅僅改變我自己，
我可能改變我的家庭；
在家人的幫助和鼓勵下，
我可能為國家做一些事情。
然後誰知道呢？或許我甚至可以改變世界。）

葉香香即時讀了圖片內的文字，露出溫柔婉約的笑容，一直以來掛在臉上的硬朗冷漠終於消失了。

此後葉香香的日記內容沒有只寫食物，但她又怎會正正經經地寫。她轉用寫劇本的方式，每天交一點點給古華生。古華生亦安然接受，他覺得只要寫出自己內心感受，用什麼形式不是問題。這樣，他們倆開始了深入的精神溝通了。

* * * * *

小禾天生開朗活潑，自小立志當醫生扶貧救人。她的學業成績名列前茅，是學校裡的領導人才，深得老師同學愛戴。有一次她的兩名同學因言語不合爭吵，幸得小禾及時阻止，她風趣幽默的說話把二人緊張的氣氛溶化。又一次一名小禾認識的同校學生在學校附近被流氓騷擾，小禾奮不顧身上前幫助抵抗，聰明的小禾事先安排同行的同學奔跑回學校報警及找老師來，於是老師們趕來把二人救出，那批流氓亦被到來的警察捉拿。小禾的事跡傳遍學校，很快她就成為校內同學們的偶像，加上小禾五官端正，也算是美人丕子，亦吸引一批裙下之臣，每逢節日，送禮示愛。同時吸引了高年級女生們注意。

校內有一批較壞的女學生，與學校附近的流氓有點關係。一次她們閒談間談論到小禾的事跡，惹來幾個男的流氓加入談論。那些流氓產生興趣，其中一個俊朗的年輕小伙子更揚言一個月內要把小禾弄上床，小禾不知不覺間進入了危險之中。一天小禾再次為幫助同學與校外流氓對抗，今次因流氓們人多勢眾，小禾節節敗退。正當小禾一眾同學被逼到死角，危在旦夕之際，那個俊朗的年輕人突然跳出以寡敵眾，救出小禾眾人。當然這是那群流氓合謀自編自導的把戲。但是蒙在鼓裡的小禾即被年輕小伙子吸引了，在他主動的追求攻勢下，很快他們成為情侶。小禾一直守身如玉，多番推辭那男孩的性慾強求。但是小禾始終是初嘗戀愛滋味，怕傷害男朋友，終於在他生日的那天晚上就破處了。當然那年輕人達成目的後，開始疏遠小禾，更甚是不停炫耀他們上床的事情，很快地謠言傳到小禾學校。小禾發現同學們改變對她的反應，還在背後竊竊私語。三個月後，小禾發現自己懷孕，但同時已經找不到那男孩。此時那幾個壞女同學透露了那些流氓的打賭事情，小禾才如夢初醒，但是已經為時已晚。

「在大雨中走進聚集遊行的人群。小禾漫無目的，呆滯前行。四周人群情緒激漲，高聲吶喊。多麼大的風雨，小禾在人群中卻沾不上一點雨水。打傘的人們形成一條長越數里的天幕，人群的身體形成長城的牆壁，牢牢地把小禾包圍。她抬頭看不見天，遠望看不到前路，一個又一個陌生人的身軀擦身而過。她低頭看一步行一步。茫茫人海帶領她，走到一座教堂門外。這時小禾才發現四周空無一人，孤獨地無助地被遺棄在這座建築物門外。她心中突然浮現，這裡應該比自己的世界更好，看看手抱住剛出生的女兒家家，想著自己前路茫茫，小禾把寫上女嬰的名字和出生日期的照片放進包裹著女嬰的衣服。然後一個人在雨中狂奔，任由雨水打在臭腐的身軀，任由烈風吹襲灰白的面龐。痛楚卻如寄生蟲般欲從心頭絞裂撕破軀殼而出，但小禾已經變得心硬惡毒，寄生蟲沒法破出，只有不停地絞裂她的心靈，永遠折磨小禾以報牢困之仇。」

葉香香的劇本主人翁叫小禾，十四歲，本來是個開朗天真的女孩子，但是際遇不好碰上壞男孩，騙了感情還有了小孩子。故事從描述小禾的快樂生活開始，但這幾天葉香香寫下的東西滿載憂鬱悲傷。古華生看著這些文字，不禁懷疑這不是虛構想像的人物情節。小禾的人生太真實了，充滿真實世界的不幸與無情。古華生反覆看著葉香香的劇本，努力感受她所承受的苦痛。

*　*　*　*　*

一個下雨的夜晚，古華生收拾東西後打著傘子在回家的路上，葉香香穿著睡衣跌跌撞撞跑過，古華生不留神被撞倒地上。他回頭時看到失神的葉香香已經跑到遠處，他毫不猶豫地立即追蹤葉香香。在雨中，古華生四處尋找不獲，非常焦急之際，一個小女孩哭聲從旁邊的教堂傳出來。他走到教堂窗前，望見葉香香抱著一名小女孩，不斷唸著「家家、家家」的名字。古華生走到教堂大門，推門而入，看到小女孩的母親剛把小女孩拉回身邊，而葉香香情緒激動地：「家家……媽媽對不起你！家家，回來媽媽這邊……」小女孩母親極力阻止香香，害怕她傷害小女孩。此時，古華生已走到香香身邊，捉緊她並示意小女孩母親帶小女孩離開。

「香香，冷靜下來。」

「她帶走了家家，我的家家。」

「你的家家不在這裡，她不是家家。這裡不是你放下家家的地方。」

香香回過神來四周打量。「不是這裡。」

「不是。」

「你怎麼知道不是這裡？」

「你寫在劇本上。」

「老師……我……」

「香香，不要怪責自己。你也回去找過家家，但是教堂裡說沒有接收到任何女嬰。你已盡力補償了。」

「都怪我這個自私的主意，害得家家不知去向。我對不起她！我對不起妳，家家。」

「香香，不要難過，一切都過去。」

「老師……」

「香香，讓我陪你完成你的劇本。」

古華生和葉香香在教堂裡，在高掛的十字架前，雨後的月照把彩色玻璃畫照得明亮奪目，他們在彩光之下深深擁抱著，情到濃時，雨水混著淚水和汗水，在這個神聖場地上熱吻。高高在上的耶穌雕像帶著憐憫作見証，同時似是為了他們二人將會承受不幸的結果而感到極度痛苦一樣地釘在十字架上。

* * * * *

往後的一段日子，陳家強注意到葉香香真的漸漸改變。而且學業成績改善了，上課也專心而且不做搗蛋擾亂課室的事情。後來，他察覺到葉香香和古華生的關係也漸轉得明朗和諧，陳家強主觀認定了是古華生前輩下的功夫。

某天下課後圖書館職員室內，古華生正在批改學生的功課簿，陳家強興高采烈地走進，笑著：「前輩，多謝你……」

「多謝什麼？」古華生抬頭疑惑地問。

「你不是多次向我說過『要花多點時間』在葉香香身上嗎？……嘻！她真的變得很乖，上課時已經不再搗亂。」陳家強高興地再說：「不理會她是否專心，只要她不再為難我就是很值得高興！」

「陳老師，請你坐下來。」古華生聽到陳家強的說話突然變面一沉，指著他工作檯旁邊的椅子，待陳家強坐下，接著說：「陳老師……一直以來，我沒有把你看成一個見習老師，當然更沒有看你是一個學生，我認為你雖年輕但有抱負當一個老師，我就把你看成一個正式的老師。但是，作為一個老師對任何一個學生是有承擔的，不應存有私人感情去批判任何一個學生。你應該知道『有教無類』這個意思，不是因為學生聰明勤力成績好又聽從老師的就多花心機時間，而那些難攪搗蛋成績差的就無視她們。作為老師，更加要多花點時間循循善誘這類學生，不應該心存僥倖，將來你正式成為老師後，難道你可以選擇你的學生嗎？難道你只選好學生、乖學生、聽話的學生嗎？難道你會把所有壞學生、差學生、難攪的學生趕出課室，甚至趕離學校嗎？或者你不會在正規學校任教，你可以選擇補習學校，只要有付錢的就可以得到老師重視照顧，沒多餘錢補習的就留在正規學校任由她們的造化而自生自滅吧！……陳老師，剛才你的說話使我感到非常失望……你有什麼值得高興呢？……你有主動瞭解學生的問題嗎？她的家庭背景，她的朋友網絡，她的嗜好喜愛……你知道嗎？」古華生嚴厲地責備陳家強，陳家強低著頭，垂下眼睛不敢望古老師，更加不敢作聲。古老師看見陳家強啞口無言，再說：「你明白什麼是『要多花點時間』的意思嗎？……簡單地可以用兩個字來說清楚，就是『承擔』。就好像是結婚的承諾一樣，無論生、老、疾病、富裕或貧窮都相依相伴……」

古華生突然感觸，當他用婚姻來形容老師的使命時，想起自己的婚姻，太太與兒子遠在他鄉，兩夫婦聚少離多感情變淡了，他不禁懷疑結婚的承諾，也有時間限期的。古華生心想自己也不是一個稱職的老師，況且他與葉香香已發展成超越老師和學生的關係，他更沒有資格責罵陳家強。

陳家強因古華生突然停下，沒有繼續責罵他。於是輕輕抬起頭來，見古華生若有所思，陳家強戰戰兢兢地：「前輩，我明白了，我會改過，努力學習成為一個合資格的老師的……」陳家強站起來，恭敬地向古華生行禮。

古華生從沉思中醒來，整理情緒後平和地說：「陳老師……抱歉！我語氣嚴重了請不要見怪……我把老師的責任說得太重要了，就算是婚姻也不保証永久有效呢。將做老師的『承擔』無限放大，把自己說成是一個偉大無私的人……」

「前輩，我明白的。老師未必是一個偉大的職業，但我絕對相信老師是影響著學生的……如果你還記得，你就是我的好榜樣，因為你的啟發，我喜歡了歷史，也立志成為一個可以影響學生的老師……只是實際經驗上我仍未有足夠能力應付不同性格的學生……所以才會輕蔑了老師的使命……」陳家強怕古華生不明白，補充地說明自己是帶著抱負來當老師的。

「好了，好了！你再說下去，我就不得不承認自己年紀不少了。大家都明白了。我們不再談這個吧……」古華生打圓場地露出笑容。

*　　*　　*　　*　　*

陽光普照，天空無雲。在屋村的市場外，陳家強站在馬路旁邊等待他母親，他母親正在市場內買東西，而陳家強不喜歡市場內濕滑的地板和魚腥味，所以他由得母親一個人進去。他無聊地四周張望，突然看見遠處兩個熟悉的臉孔。葉香香挽著古華生的手臂愉快地橫過馬路，古華生手上拿著數個袋子，應該剛從市場出來。當他們到達馬路中央的安全島等候時，葉香香突然整個身體抱著古老師，還吻了古老師的臉。陳家強瞪眼看得傻了，他望著遠去的葉香香和古華生二人的背影。突然發現葉香香的同學包彩兒在二人後面不遠處跟著他們。

王興國站在陳家強後的街角，也看著葉香香和古華生二人。

第二天。陳家強回到圖書館的職員室，鼓起勇氣走到古華生面前：「前輩，今天課堂教學順利嗎？」

「陳老師，還好……這幾個月來，辛苦你了。這裡的學生不易應付的，他們都很聰明又搗蛋……」

「是……是，所以『要多花點時間』認識他們……」

「是啊，昨天我陪母親在屋村市場買點東西……我不太喜歡市場濕濕的環境，所以在外面等她。剛巧……看到前輩和葉香香」

「我們……我們剛從市場買東西一起造飯。」

「前輩，我有一個疑問想你解釋……你們是……你和……」

「明白……你想問我和香香的關係嗎？」

陳家強屏氣等待古華生說下去。

「我和她是一起生活……」

「那……前輩和葉香香……是」

「是！我們是情侶……」

「前輩！不是已經結婚了嗎？」

「太太兩年多前帶了小孩子一起移民了……我們算是分居，也差不多三年，待我辦妥離婚手續後，便和香香結婚。」

「前輩……你……有想清楚嗎？現在……你們的關係……若果被發現就不堪設想……學校……和學生的家長……甚至傳媒社會，他們不會輕易放過你們。」

二人正陷入沉默之中。片刻，古華生緊握雙手向陳家強說話。

「希臘神話有一個傳說，人類原本是男女同體，兩個頭，四隻手，四隻腳……但是人類生活得太幸福太快樂，天神看在眼裡不高興，妒忌人類。於是天神之王宙斯用雷電劈裂人類，把男女分開。而命運女神把本來一對對的男女分散各地，還清洗了人類腦內的記憶，忘記原本的另一半。但是人類的心靈仍然保留了另一半的感覺，於是人類就憑著這絲感覺在人世間一生尋找另一半……我想，我感覺到我現在找到了……」

*　*　*　*　*

事與願違，很快古華生和葉香香的關係被同學揭發，學校裡頭急速廣傳，更有家長寫信給校長要求校方澄清謠言。但是古華生並沒有隱瞞，把全部事實坦白告訴校長。他剛被校長斥訓完就收拾東西離開校園，在校園門外碰上等候著他的王興國，二人站在校園正門大閘兩邊。

「你這樣輕易就放棄？」

「興國！你怎麼會在這裡？你去了哪裡？我們多次找你……」

古華生欲上前，卻被興國用手勢阻止。

「我怎樣不重要，你怎樣才是重點。」

「我……」

「你的事，我全都知道……你和那個很特別的女學生在一起，而且被發現了……」

「她……叫葉香香。」

「她是誰不重要，你是誰才重要。」

「我是誰，我當然知道。」

「那你為什麼收拾了一切離開學校？」

「此地不可留。」

「你很清楚知道離開這裡就不可以再回來。」

「我不走，那香香怎麼辦？」

「那你？你的抱負？」

「我還可以擁有嗎？」

「你放棄妻兒，不是為了抱負嗎？」

「以前那條路不能走，這條路自然出現。現在這條路走不下去，也會找到另一條路。」

「路！人生可以有多少條路？你多大？還以為有路可行？」

「不行也要行，人有選擇嗎？一切順大勢而行。」

「就為了一個女孩子？」

「是為了愛。」

「哈！愛。這個我比你有經驗，我肯定你會後悔。」

「是，你不是也找了個小妹妹嗎？……對不起。」

「是。所以一次又一次受傷……」

「你可以改變。」

「人到中年，性格改不了。」

「你居然這麼輕易放棄？」

「你一生為社會尋求公義的理想也這麼輕易放棄嗎？」

「我為了愛一個人，我可以改變。」

「哈哈！古板、沉默寡言的古華生，居然大聲說『愛』……哈哈！要是愛，為何自己一個人離開？」

「為了她的未來。」

「我倆天生就是一樣，固執、死板、自以為是、驕傲自大、目中無人。以前你說為了我們下一代，所以放棄律師來當教師。現在說為了愛一個小女孩，放棄教師。然後你會做什麼？」

「做什麼也好，這個不重要。」

「這樣的性格是會害死你的。」

「死……我也會死得有價值。」

「哈哈！雖然可笑，但不得不說，命運弄人……你一直沒有為自己解脫。」

「這一代有自己的世界，我追不上了。我……已經無能為力。我只想無拘無束地愛一次。好像你一樣，縱使失去一切也在所不辭。」

「可笑！我才沒失去一切。我仍有芷若，她給了我失去的一切。」

「誰是芷若？」

「那夜我為救那女人而救火……我住醫院時你遇到的那個護士。」

「什麼你救了女人？我們只是在幫人家救火，沒有救任何人。興國，這段時間你去了哪裡？」

王興國突然非常頭痛，掙脫古華生然後頭也不回急跑離開。王興國跑了很久，喘著氣回頭確認古華生沒有追來。他頭痛劇烈，腦裡不斷冒出不同的影像。他從火場救出芷若的那一夜，他原本的記憶開始改變。腦袋裡出現他醉醺醺走在街上，遇到車房內有雜物燃燒起來，一個男人正在救火。興國和朋友們一起幫忙，但他不小心滑倒地上，頭部受傷暈倒。他心裡湧上千萬個疑問，唯一能解決這些問題的人，只有芷若。

* * * * *

王興國跑著跑著，腦子浮現母親剛去世時的景象……王興國獨自坐在家中，這裡是他父母親的住處，父親早年仙逝，母親癌症突然轉壞入院三個月，剛剛離世。王興國奔波了整夜，回到這個家。這是他成長的地方，這麼多年來沒有怎樣改變，除了加添新的電器之外，一切如舊。孤獨寂寞令他非常後悔自己所謂對愛情的執著，原來只是一派胡言。王興國突然想起前妻，他鼓起勇氣撥出電話，電話鈴聲響了很久，終於接通。

「……是我。」

「唔。」

「你好嗎？」

「好。」

「我……對不起你！」

「唔。」

「我……我可以拿回我的東西嗎？」

「我已經全掉了。」

「哦……我……」

「還有什麼？」

「如果最後審判降臨，那一刻你最想做什麼事？」

「看到你下地獄。」

「哦……媽媽過世了。再見。」

王興國很失望，他被痛苦煎熬，他知道自己是咎由自取，是自己不守承諾在先，現在又怎能責怪別人。痛苦不斷折磨堆疊，王興國用力握緊拳頭搥胸，「呼！呼……」的響聲，卻沒有把痛苦抑壓下去。現在的王興國真的是一無所有，連唯一的依靠也離世。他沒有理由給自己生存下去。王興國望向這間舊式公屋廚房上用鐵支做成的窗框，橫直條的鐵支做成更像監獄牢房的鐵窗。他打開窗框的小鎖，拉開鐵窗。位於市區半山加上十二樓層高，擁有窗外一望無際的半島景色。王興國爬上窗台，站在窗架上迎著寒風。他身體向前傾下，閉上眼睛，激烈的心痛掩蓋恐懼，握著鐵支的雙手慢慢鬆開。

「興國。」

突然王興國背後傳來聲音，他趕緊捉實鐵支回頭一看，是芷若站在背後，王興國跳下，急步去擁抱著芷若。

「你還有我。」

王興國擁抱著芷若感覺到一份前所未有的溫暖，一份熟悉的感覺，他激動得流下眼淚。當時他不知道她是誰，但他現在最需要的是被人呵護安慰。

激烈的叫囂，王興國依隨著年輕的人群移動，叫喊著口號。人群人數聚集越來越多，壓迫感使他透不過氣來，欲轉身走回前面的空地邊緣的草叢旁歇息，忽然數人衝擊建築物的大門。衝擊一浪接一浪，部份廣場群眾開始激動叫囂，群眾完全投入到這份高昂的情緒。壓迫感再次使我透不過氣來，眼前的景物天旋地轉，漩渦裡慢慢出現另一個景象，與眼前打轉的景象重疊……改變，他跌跌撞撞隨著人群進入大宅，群眾把一個男人拖出來毆打，甚至用磚頭砸他，打得頭破血流。突然，不知從何處開始的火焰已經蔓延起來。群眾再次騷動，胡亂奔跑。他沿著火舌尖的方向望去，一個少女站在一樓窗邊，那是芷若。他欲奔上前救她，剛轉頭迎面就捱上狠狠的一棍子。頓時頭昏目眩，眼前煙霧彌漫，還有建築的木材被火焰燒毀霹靂啪啦地叫喊。

天亮了，王興國坐在椅上睡醒來，芷若消失了，廚房外的鐵窗仍開著。這些日子，夢中的情景不斷重複出現。他努力回憶著這個夢中少女的容貌，這是他仍然生存的唯一寄望。

後來王興國真的遇上了她，芷若從幻象中跳出來，進入了他的人生中。原本他一無所有，遇上芷若後他重得一切。他記憶裡盛滿了二人結伴同行，走遍神州大地的印記。從北京、沈陽、長春、哈爾濱、科爾沁草原、呼和浩特、太原、西安、成都、拉薩、昆明、重慶、長沙、杭州、蘇州、上海……

王興國清楚記得他們遊歷的每一個地方，他不相信古華生的說話，他明明是因救芷若而燒傷雙手。王興國奔跑著，要立即回到芷若的家。但是他呆站在芷若的家樓下，不可思議的是這地方竟是他母親的故居。王興國努力思考芷若家的位置，怎樣強迫自己也想不起來。他無奈地走回家中，簡陋的室內裝潢，凋零的數件傢具。一整幅牆貼上中國地圖，每個主要城市均畫上記號，一大堆雜誌剪下來的各地名勝照片，密麻麻的佔據整幅牆壁，滿地堆積如山的雜誌報紙。王興國深呼吸一口氣，四周仔細觀察尋找，沒有一幀芷若的照片，一點點芷若存在過的痕跡也沒有。王興國望著牆壁發呆，腦海裡原本擁有跟芷若一起旅遊的畫面，一個一個消失。換上了王興國自己坐在雜誌報紙堆裡剪下一張張風景照片，依據地點貼在大幅的中國地圖上。

王興國不知呆站了多久，勁風吹進，他抬頭望向鐵窗，打開窗框的小鎖，拉開鐵窗。王興國爬上窗台，站在窗架上迎著寒風。他身體向前傾下，閉上眼睛，握著鐵支的雙手慢慢鬆開，他期待著芷若的呼喚。

* * * * *

回說古華生離開學校後，一直躲在家中。就算葉香香每天都到門外大吵大嚷要求見面，古華生仍然沒有離開這裡。而葉香香一直守在他的家門外，不斷要求古華生開門見面。只是古華生已經沒有氣力面對她，現實世界沒辦法容許他對愛情的妄想。他在現實世界中只是一個無力改變社會的教師，而且現在更是掛上貪戀女生傷風敗俗之名。古華生思考著自己在什麼時候開始走上這條路，是什麼原因？是真的因羨慕王興國而學習他為了愛情不惜一切嗎？古華生仍然弄不清楚。

深夜，葉香香整天大叫大嚷要求古華生開門見面，已弄得身心疲累，倚著大門在走廊睡著了。古華生獨自坐在屋內正對著大門的窗前思考，回想過去。那天他眼白白地看著太太和兒子離開，卻不能找出任何理由把她們留下。這幾年來他一直為求解脫而苦思苦想。現在，古華生同樣看著牆壁上的家庭照，孩子出生時被母親抱著、孩子懂得站立、孩子在公園玩耍奔走、孩子穿上幼兒園校服在校門外哭、孩子穿上小學校服帶著笑容上學……還有香香一班孩子跟他一起拍攝的畢業合照。古華生欲伸手觸摸孩子們的相片。突然發現自己原來是坐在椅子上，一個人在這個房子裡。古華生已經不在乎這個世界會變得怎樣了，因為他連一個孩子也保護不了，怎麼有能力改變這個世界！更何況世界變了，孩子也變了。倒頭來他仍是一個一成不變的平庸之人。突然電話鈴聲響起，是古華生的好朋友李志遠來電。古華生沒有接上通話，一會兒電話接駁到錄音機上。

「華生！大件事，興國跳樓自殺……現在送到了廣華醫院急救……」

古華生無動於衷，心裡只有難過。一子錯滿盤皆落索，回不了頭，也走不下去。「天若有情天亦老」……沒有街道上的行人聲、沒有行駛的汽車聲、沒有夏蟲的叫聲，甚至那個傻孩子香香整天在門外激烈的敲打門聲也消失了，世界變得靜寂無聲，只有王興國跳樓自殺消息的餘音縈繞。多麼的寧靜，古華生感到前所未有的平安。圓月下，多麼的平靜，多麼的安祥。突然，一聲巨響擊破世間的靜寂。古華生家的窗簾被風吹動，巨響從打開了的窗子湧進，直衝到房子的大門上。門外，長期等待而倦極入睡的葉香香被巨響驚醒，掙開黑暗裡細小的瞳孔湧進眼球內，一雙大眼睛滾動著百般的滋味。

第四章

雖然這個地方為全世界的人喜歡，被視為東方的珍寶明珠。但是居住在這裡的人卻未曾可以安定過下來，看似跟這裡的繁榮穩定全無關係。在人群中，葉家家背後十米處有一女子緊盯著她。站了一整天，葉家家感到疲倦欲回到自己帶來的帳篷休息便離開人群，那女子保持一定距離跟著她。此時陳家強到達人群中四處尋找，發現葉家家的背影。他二話不說立即穿越人群捉著葉家家。

「葉家家，我找了你很久。」

陳家強卻找錯了跟著葉家家的女子。葉家家隱約聽到陳家強的聲音，她回頭一看，見到遠處陳家強跟一個女子在搭訕。

「噢，對不起。你的樣貌跟我的女朋友很相似。」陳家強仔細看一下面前的女人，發現不是葉家家。

「你識女仔的方法很老套……」那女人臉色凝重。

「我認錯人。」

「她跟我同名同姓？」

「你們的長相也很相似……打擾了。」

陳家強尷尬地離開，轉身就看到葉家家站在他背後。

陳家強不禁驚訝二人的樣貌和氣質多麼相似，甚至認為她們是雙胞胎姊妹。兩個葉家家四目交投，驚嘆眼前竟然有一個跟自己多麼相似的人。

葉家家不禁好奇，走上前來認識那女子。

「你好，我叫葉家家。」

「你好，我叫葉家家。」

「你跟我同名同姓？」

「你們樣貌很相似，像是雙胞胎呢。你們好，我叫陳家強。」陳家強嘗試加入二人對話之中，但兩個葉家家都沒有理會他。

「請問……不好意思，希望你不覺得我唐突。你……真的不好意思，你……」

「你想問誰是我的父母？」

「是。」

「我不知道誰是我的父親，我是跟我的母親姓葉的。」

「這麼巧合呢！我也是跟我媽媽姓葉，因為某些原因婆婆要我跟媽媽的姓氏。」

家家腦海中出現第一次看到親生母親的片段。在孤兒院前庭，葉香香收到院方通知，說找到她遺棄的女兒家家。葉香香心裡非常焦急等待，希望可以見到被自己遺棄的女兒，但是她等了很久仍看不到女兒出現。此時，孤兒院的院長從大樓走出來。

「葉小姐，你下次再來吧。」

「院長，為什麼……」

「她暫時不想見你。」

「喔……家家是否不喜歡見我？」

「……葉小姐，給她一點時間吧。」

在大樓高處，小家家從走廊的窗戶望向葉香香。小小的她望著這個最親但最陌生的母親，思考著要怎樣的態度去面對她。家家心情是矛盾的，既想被親生母親擁抱，然而想到是被她拋棄，憤怒怨恨自然湧滿心頭。眼淚從家家眼中流出，心靈深處還是渴望被母親愛護，她鼓起勇氣決定走下去見她。突然，一個小女孩走出，跑向葉香香。

「媽媽，媽媽……」

「家家。」

家家聽到這個親生母親叫那小女孩「家家」，原本如水般柔軟的情緒突然翻滾，澎湃洶湧的憤怒如狂風巨浪，家家整個人是怨恨的漩渦，翻江倒海。

「家家，我們遲點再來。走吧！」

「媽媽，你不是說來認識一個新朋友嗎？」

「她有事，下次來再見她。」

家家看著這個也叫家家的女孩跟著自己的母親離開，內裡的波濤已經按奈不住衝出體外，她大汗淋漓，混著淚水，全身被海浪打得顫抖起來。家家緊握拳頭任由身體顫抖，淚水汗水混集，思想一片空白，眼珠一直盯著那個家家的背影。

天上的藍色特別濃烈，一把勁風吹起翻捲落葉，如尖刀直刺心臟般把經過的血液從刀身凹痕處噴灑出來，藍天染上血跡般的枯黃和玫紅。

家家腦海中充滿著媽媽的樣貌。

「我沒有見過我媽媽，只知道媽媽的姓，不知道她的名字。」

「那你為什麼知道你媽……」

「因為我被遺棄時，在照片上寫著我出生日期及我的名字。」

事實照片上只寫上「家家」和她的生日日期，姓葉是她親生母親過世後的事情了。

「哦。不好意思，提起你的往事。」

「沒關係，都過去了。」

家家從懂事開始就不停幻想親生母親的樣子，想像母親將會給自己的呵護。家家不停奔跑，用奔跑來逃避內心的不安，眼淚隨著汗水流滿全身。從出生到現在這十年來，她活著是個代替品，她被葉香香遺棄的那一夜，被一個小產了的女人拾回家中代替她的骨肉。

*　*　*　*　*

在大雨中走進聚集遊行的人群。香香漫無目的，呆滯前行。四周人群情緒激漲，高聲吶喊。多麼大的風雨，香香在人群中卻沾不上一點雨水。打傘的人們形成一個長越數里的天幕，人群的身體形成長城的牆壁，牢牢地把香香包圍。香香抬頭看不見天，遠望看不到前路，一個又一個陌生人的身軀擦身而過。她低頭看一步行一步。茫茫人海帶領她，走到一座教堂門外。這時香香才發現四周空無一人，孤獨又無助地被遺棄在這座建築物門外。她心中突然浮現，這裡應該比自己的世界更好，看看手抱住剛出生的女兒家家，想著自己前路茫茫，葉香香放進寫上女嬰的名字和出生日期的照片，然後一個人在雨中狂奔，任由雨水打在臭腐的身軀，任由烈風吹襲灰白的面龐。痛楚卻如寄生蟲般欲從心頭絞裂撕破軀殼而出，但香香已經變得心硬惡毒，寄生蟲沒法破出，只有不停地絞裂她的心靈，永遠折磨香香以報牢困之仇。一個念頭，兩個人的遺憾。世事早已種下禍根，層層疊疊緊緊相扣在同一個根上。怨恨就在出生能看到世界之前佔據一切。

當葉香香放下家家後轉身就跑去街道的漆黑盡頭，一個下身沾滿鮮血的女人跌跌撞撞地走到家家的位置。她聽到嬰兒的哭聲，一望就看到地上的家家。原本迷惘的眼神突然發出閃耀，她立即把家家抱在懷中。原來這個女人剛剛在家中流產，在懷胎時就患上抑鬱症，加上突然流產令到這個女人心神恍惚離家出走。她的丈夫追出四周搜尋，剛好碰上抱著家家的她迎面走來。丈夫看到妻子正常回到身邊，衡量利害後決定把家家留下來，讓妻子得到安慰。為了妻子，丈夫把流產夭折的親生小孩偷偷埋在偏僻山中。如此兩夫婦把家家視為己出，由於妻子抑鬱症狀不穩定，對家家管教也隨情緒變化而起伏不定。丈夫生活在極度精神緊張的狀態下，直到家家十歲，妻子過世。丈夫終於鬆一口氣，也無力應付照顧家家的精神體力。最後，他決定把家家交回孤兒院。孤兒院知道詳情後，就判斷到這個就是十年來葉香香不斷追尋的家家，院長興奮地立即告訴葉香香。誰料家家會如此決斷不見親生母親，就算院長花盡唇舌也徒勞無功。

家家感到無比的傷痛，過去對生母充滿的希冀盼望，如今一切破滅。她跑啊！跑，漫無目的地跑。穿過一條又一條的走廊，走上一級又一級的樓梯，不知跑了多久，前面沒有去路，只有一道鐵門。她不顧一切衝開鐵門，刺眼的白光佔據一切。家家坐在地上喘氣，唯唯靜靜地走到家家背後不遠的距離停下，家家慢慢爬起來走到天台一角。這是孤兒院的天台，因位處半山，四周一望無際，盡覽山林樹木和城市高樓，還有遠處港口彼岸。這裡是家家到達孤兒院後，唯一找到令心情平靜的地方。

現在的家家站在孤兒院相同的位置，望著隨年月改變的景觀，自己卻是一棵已凋謝的枯木留守在靈魂的墓地。唯唯仍是默默地站在家家身後的不遠處。

「我有沒有改變？」

唯唯仍然沒有說話。

當那天葉香香到孤兒院的晚上，唯唯趁著夜深沒人爬進院長室，打開收藏文件的抽屜，逐一尋找家家生母的資料。年紀小小的她似乎對於偷竊的技巧很有認識，一瞬間就把各式各樣的鎖打開，無論是大樓後面的鐵門、房間木門、放文件的櫃子，解開這些鎖對她來說都是輕而易舉的事。她拿著手電筒照明，不斷的翻閱文件。終於她找到家家的文件，在文件內找到她生母的資料，也有養父母的資料。唯唯好奇地看著內容，發現家家的養母患有抑鬱症，要長期服葯。養父本來是教徒，他為了妻子居然非法在山野埋葬夭折的親女兒的屍體。家家長期被養母強加管制，令到她性情孤僻，喜歡離群獨處。她更發現了家家養父一生自責沒有妥善處理夭折的親女兒，後來妻子去世他更積壓著內疚和罪惡感，最終自殺。她合上家家的文件，想了一想，只把她生母葉香香的資料拿走，把家家養父母的事情保密。

自從那天之後，家家時常偷偷跑出孤兒院去到葉香香家和工作的醫院看她。一天早上，家家偷走出外，在葉香香家對面的巴士站，坐在巴士站上的欄杆等待。七時左右，葉香香拖著小葉家家走出門外乘校巴上學，葉香香小心整理好小葉家家的校服，然後抱她進入小型巴士內交給保姆。校巴離去後，葉香香沿著街道慢慢走路上班，家家在對面的街道跟著她。突然看到有一個形跡可疑的人跟著葉香香，那個男人穿得很土，架著一副粗框眼鏡，抱著一個厚厚的公事包。那個男人一直跟著葉香香回到醫院門口，看著她進去才離開。家家好奇地跟著這個男人，走上公共巴士，數個站後下車，走了一會到達明信學校。那男人進去後，學生們均向他鞠躬行禮，很明顯他不是教師就是這學校的職員。家家在門外逛了一圈，走到校舍旁邊的古舊建築，大門上寫著圖書館大樓。

家家推門進入，一幅巨大的畫作呈現眼前。家家個子小，直接進入眼簾的是地獄上的惡魔和被火燒的靈魂。惡魔猙獰的面目，瞪大眼睛把作惡的人推下火湖。家家震驚畫面的真實感，她像是被掉落地獄的靈魂一樣在火湖裡被永恆之火燃燒。家家雖然受驚害怕，但慢慢地她覺得平和起來。當她抬頭向畫上方望去，看到畫面中央高舉右手的人。他似是有很大的權能，四方八面聚集擁有翅膀的天使。有天使吹起號角，好像召集天軍來。家家看得入迷，原來天地沒有不公平，世人都將會被打落地獄。家家心裡漸漸變得平靜，因為她內心的怨恨變得理所當然。家家第一次感受到自己並不悲慘、並不罪惡、並不孤獨。當罪惡怨毒成為理所當然之後，她感到可憐的是養父養母，代生母把自己養育。可憐的是生母，年少無知誕下自己拋棄自己，窮一生也被自責內疚緊隨。就算把現在的女兒名字改成家家一樣，也不能洗脫罪孽。而自己並不可憐，因為從此以後她可以任意妄為，把妒忌化成動力，把報復化成目標。因為自己一定會下地獄，既然有這麼多人陪伴，還怕什麼？還擔心什麼？家家望著巨大的畫，恥笑上面那個高舉右手的人。心裡笑說，不怕被火湖燒的人，就不怕被你審判。

「小朋友，你在這裡做什麼？」

家家回轉身後，原來是剛才那男人。家家望著他沒有回答。

「你是從那裡來的？你不用上學嗎？」

家家只是搖一搖頭。

「你喜歡這幅畫嗎？畫畫的人是一個偉大的藝術家。」

家家點一點頭。

「你叫什麼名字？」

「你先說。」

「陳家強老師。」

「你是在這裡教書嗎？」

「是，我是教中國歷史。」

「歷史老師，剛才我看到你……偷偷摸摸跟著一個女人到醫院。」

陳家強面露尷尬：「那人……的丈夫是我老師，老師過世後……我盡點綿力照顧他的家人，買早餐給她而已。」

「我年紀雖小，但不愚蠢。那有這麼鬼鬼祟祟的照顧別人。」

「小丫頭，你想說什麼？」

「老師有古怪。你不說，我就問她。」

「啊！你這個鬼靈精。」

家家等待陳家強的答案。

「她愛上我的前輩，她的老師。後來事情被揭露，前輩自殺了。」

「老師喜歡她。」

「我比不上前輩，也比不上前輩在她心中的地位。」

「所以你只會偷偷摸摸關心她。大人真是奇怪，心裡明明喜歡，卻不敢說出來。」

「小丫頭，你還小，將來大了你會明白。你要守秘密！」

「好的。不過你要准許我來這裡看書。」

「你喜歡看書。」

「我喜歡這幅畫。想看多些關於這幅畫的事情。」

陳家強把王興國說過的都說給家家知，不過修改了很多。只說正面的積極訊息，那些較艱深負面的都沒有說出來。不過家家雖然年紀小，但很精靈聰明，況且陳家強實在太耿直，說故事也太不暢順，明顯隱瞞了很多細節而不能自圓其說。家家自然知道這幅畫必另有故事。

「你只可以在我下課的時候來，免得學校有人發現你時，沒人解釋原因。」

「好。一言為定。」

從此家家偷跑出孤兒院的時候，不單去看生母葉香香，還來這裡明信學院圖書館看書。

這時家家只有十歲。

* * * * *

一天家家如常地從孤兒院偷走出來偷看葉香香，當她跟著葉香香到達醫院大堂時，突然一群醫護人員推著病床，同時為病床上的人進行急救，非常緊張地橫越大堂，正好擋著家家的前路。此時，另一批醫護人員從遠處衝來，家家一時間不懂反應，呆站原位。幸好有人及時把她拉過一旁。家家回過神來，看到拉開她的人就是葉香香。

「小妹妹，你媽媽呢？」

家家瞪著眼睛望著眼前的人，咀唇顫抖著，遠處一個小孩的哭聲救了失神的家家。

「在那邊。」

葉香香跟著家家指示的方向，看到一個女人抱著哭鬧的小孩坐在急症室求診部的椅子上。

「我帶你回去。」

「不用。我想四周看看。」

「這裡很多人，萬一好像剛才一樣，你會受傷。」

「剛才我沒留意，現在知道了，我就會懂得加倍小心。」

「小小年紀，說話很成熟。」

「我……我媽媽教的。」

「哦。你媽媽把你栽培得很堅強獨立。」

「是訓練。」

「什麼？」

「沒……我先走。」

「你不喜歡跟我談話？」

「不是……今天……就談到這裡，下次再談。」

「你會時常來……見我？」

家家非常緊張地離開，只點頭回答葉香香。

葉香香一直看著家家離開醫院大門才回去工作。

＊　＊　＊　＊　＊

幾年平靜的生活，家家也安定下來，過回正常生活。現在她只會在上課前後離開去「看看」葉香香，也會去圖書館看書，順道要求陳家強幫她補習學校作業。這天下午家家在圖書館內做作業，陳家強因參與校務會議，暫時離開。

家家很專心地做作業，突然一把女人聲音在她耳邊響起。

「妹妹，原來你在這裡上學的。」

家家驚愕這聲音多麼的熟悉，心想不會是葉香香，誰料回頭一看，葉香香真的站在身邊。

「我……我不是……我……」家家深吸一口氣強壓緊張的情緒：「我不是在這學校上學，我只是喜歡這個圖書館，所以來這裡做功課。」

家家沒有說出她認識陳家強的事情，她不想葉香香知道自己太多事情。

「很巧，這是我母校。」葉香香凝望著家家：「我帶你四周走走看看……」

「不……我……要做作業。」家家不知道為何拒絕，但就是說了這話。

「不如去海洋公園或者太平山頂看維港夜景？」

「哦……不去。」

「你是否不喜歡我？」

「我……沒有啊！我……只是現在不是合適時候。」

「什麼是合適的時候？」

「啊……七月一日。」

「這天有什麼特別意義？」

「是暑假的第一天。」家家臉色一沉，有點生氣地回答。

然後家家埋頭做作業，不理會葉香香。葉香香向家家道別，她就向圖書館裡走去。家家裝作專心做作業，卻是低頭偷看葉香香。她看到葉香香走到圖書館內凹陷黑暗的角落，把一樣東西放進書架上。然後走到借書處把東西交給了職員轉交陳家強。葉香香回頭望向家家，家家立即低下頭假裝專注。當家家抬頭回望，葉香香已經消失了。家家站起來遙望四周，證實葉香香已經離開。她走到圖書館內凹陷黑暗的角落，剛才葉香香進入的地方，想查出葉香香放了什麼東西在書架上。她仔細搜索書架的每一層，終於在一本非常厚的硬皮書裡發現一本用原稿紙釘裝成的書。家家打開看，第一頁上用秀麗的手寫字體寫上「在我孤獨的時候遇上你——劇本——第四幕（最後一幕）」，家家毫不猶豫把這本劇本放進自己的袋子內收藏起來。

在圖書館外，陳家強剛從教學大樓回去圖書館，碰上小葉家家在草坪上玩耍。

「小妹妹，你一個人來這裡？有大人陪你嗎？……你為什麼不戴口罩呢……」陳家強從衣袋內取出一個未拆包裝的口罩：「你要帶上這個，現在我們不知道誰是散播病毒，誰會傳染疫症，也不知道怎樣途徑傳染，我們可以做的就是做好防範保護自己，知道嘛！」

說罷，他幫小妹妹帶上口罩。

陳家強自言自語：「在這個世代，誰人真生病誰人假健康，不能單看表面，人心難測，說話也會成為武器，要小心呢……」

此時，陳家強發現一個女子剛從圖書館大樓離開，由於陳家強位處遠離看不清楚那人是誰，只停步注視了一會。小葉家家倒看到是媽媽要離開，她趕快跑去學校門口，她邊走邊回頭看這個男人，陳家強除下口罩的一刻，深深印在小葉家家心裡。

＊　＊　＊　＊　＊

家家意想不到這次是她最後一次跟葉香香談話。過了兩個月左右，香港的疫情已經非常嚴峻，葉香香工作的醫院更不准許閒雜人等進入。家家每天都走到醫院大門外，遠望醫院內希望找到葉香香的蹤影。

這天她終於看到葉香香，她穿著一身防護衣服走出醫院大門，與相隔十米處的小葉家家對話。小葉家家旁邊是一個年長女人，看來是葉香香的親戚。站在遠處的家家努力擠進人群，她覺得她也應該跟小葉家家一樣的待遇，可以到那裡跟葉香香見面。但是守著被隔離範圍入口的警衛極力阻止，家家無法進入。

眼看著葉香香要轉身，家家竭盡力氣大叫：「媽媽！」

葉香香停了腳步回頭看，但以為是小葉家家喊叫她而已，揮手跟小葉家家道別，然後走回醫院裡。家家無助地望著葉香香的背影消失，傷心難過地跪倒在地上。

家家後悔當天沒有答應葉香香同遊校園，現在她只希望母親安然渡過這次疫症危機。家家心裡思考著自己可以為母親做什麼事情，突然她站起來奔跑，她唯一可以做到的就只有祈禱，要向那幅畫中央高高在上的神祈求。她跑到學校圖書館，在那牆壁的畫前跪下禱告。

但是她的祈求沒有實現，她的禱告沒有回覆。一個星期後，傳來了葉香香殉職的消息。

在葉香香的葬禮上，家家站在人群的最後。家家不斷偷看生母的靈柩，偷看葉家家，也看到大人代葉家家預備的一個大花牌寫上「愛你的女兒葉家家敬上」。家家後悔及責備自己沒有能力購買花牌，看著花牌寫上葉家家，心裡奇怪地感到陌生和痛苦。明明是自己的名字，但是加上了「葉」這個姓氏，為什麼變得這樣陌生；也明明是家家的名稱，為何卻令自己感到如此痛苦。家家隨著瞻仰遺容列隊的人群向前走，緊握著唯唯偷來的白玫瑰，白玫瑰的莖枝刺破她的皮膚，同源的鮮血染在清白玫瑰的花片上。「母親，我是你的血脈，你記得我嗎？我是被你遺棄的家家，我就是那風雨飄搖的晚上被你棄置在街頭的家家。母親，為什麼不多等我一會？我快十四歲生日了，你答應陪我到海洋公園遊玩。你答應帶我到太平山上看維港夜色。母親，我就是想等這一天，我可以跟你擁抱。我可以依在你的懷抱裡賺取你的溫暖，我可以靠在你的臉下感受你呼吸的氣息。」家家望著靠近的靈柩，心裡顫抖。這是她最後一次機會看到母親，她要好好的把葉香香的容貌記下來，要永遠刻在腦海中。

當家家到達靈柩前，她瞪大眼睛，情緒再次崩潰。因為靈柩裡沒有遺體，因為葉香香染上不治的傳染病，遺體已經被醫院處理了。家家望著空的靈柩發呆，身體顫抖得越來越大。她要發瘋，要宣洩，心裡大聲喊叫，「我姓葉，我叫葉家家，世界只有一個葉家家！」

＊　＊　＊　＊　＊

話說回來，兩個家家交換了聯絡電話後告別，葉家家跟陳家強離開後，家家站在原地望著葉家家二人的背影。家家緊握拳頭，極力控制身體的顫抖。此時，唯唯伸手握住家家的手，她依靠著家家的肩膀，默默無聲。

那邊廂，陳家強陪伴葉家家走到她的帳篷裡坐下，陳家強看著葉家家帶來的東西，像是要長居這裡一樣，他忍不住終於要跟她討論。

「你打算在這裡住多久？」

「住到我們的要求被接受。」

「假如他們不接受？」

「那我會繼續留下。」

「那你的不是要求，是命令。」

「如果我可以下達這個命令，事情變得簡單多了。我們還需要留在這裡嗎？」

「可是有些事情不能一下子改變，要一步一步慢慢來。」

「你那代人就是被教育為奴，活在溫水煮蛙的世界已沾沾自喜。你們有為改變這個社會努力過嗎？」

「家家，我不是想跟你吵架，我只想你回家過正常生活。」

「什麼是正常生活？我在這裡就是為了爭取我們的正常生活。」

「是的，是的。那你回家也可以爭取呢。」

「不能。」葉家家生氣地直接拒絕。

陳家強無計可施，只好放棄。「我要教課，不能在這裡陪你。你可以每天聯絡我一次嗎？因為我找你，你不聽我的電話。」

葉家家隨便點頭應付了陳家強便倒頭睡下。陳家強離開帳篷，小心地為拉上帳篷的布門，確定完全關上。他走了幾步回頭看，還是不放心，他走回帳篷前坐下。陳家強就是靜靜地守候著，天色也黑了。四周的燈亮起來，也可以用萬家燈火來形容。

這時，家家走到陳家強面前。

「你好。」

「噢，是你。」陳家強抬頭看。

「你不記得我？」

「葉小姐，我們剛才認識，我怎會這麼快就忘了。」

「我們認識了很久。」

「什麼？」陳家強嘗試翻查腦袋裡的資料。

「最後審判，那幅大畫……你居然忘記了，你令我很傷心的。」

「畫？」

「唉，你還記起你每天清晨買叉燒包、燒賣和豆漿拿去那人的家，偷偷放在門前便離開。」

「呀……你！」陳家強如夢初醒站起來。

家家等他說話，可是陳家強張開口卻說不出話來。

「你……也叫葉家家？為什麼我沒有這個印象呢？」

「因為我一直沒說我叫什麼名字。而你稱呼我小丫頭，十三歲時還叫我小丫頭。」

「小丫頭！是啊。是你。」

「很久沒見。自從……」

「那年。」

「對，你突然消失了。」

「你精神看來不錯。」家家看到帳篷內有動靜，估計葉家家醒來了。「你仍有偷偷送早餐去那人……叫葉香香的家嗎？」

陳家強反應很大示意家家小聲一點：「呀！說來話長。我們找過另外一個地方詳談。」

「我有點事情要先做，一會找你。」

家家看到帳篷裡燈亮，葉家家要打開帳篷的布門。她立即借故轉身離開。她走到人群處回頭看，看到葉家家似乎很生氣。

「那個女的為何說出媽媽的名字？你跟媽媽有什麼關係？為什麼你不跟我說……」

「你先冷靜一下，我會解釋。」

「說吧。」

陳家強坦白地講出他在古華生過世後，每天早上送早餐到葉香香家，在升學上還暗中幫助她。

「為什麼不告訴我？為什麼要隱瞞我？你是否喜歡過我媽媽？」

「不……不是。」

「陳家強，你很嘔心！我算什麼？你追求不到媽媽就用女兒代替。」

「不是你這樣想的……我沒有……」

始終女性對於感情非常敏感，葉家家氣憤難消提起手掌，不由分說給陳家強一記重重的耳光。

「我不想再見到你，我不會回去你的房子，我會找人代我拿回我的東西。」葉家家聲嘶力竭破口大　。「你走！走……不要在我面前出現！走！」葉家家大叫之後爬回帳篷裡並關上布門。

陳家強從來沒有看過葉家家這個崩潰的樣子，而且四周的人群已經聚焦到他身上，他開始感到群眾壓力。陳家強低下頭尷尬地離開，垂頭喪氣地往地鐵站走，家家突然出現。因為家家太像葉家家，陳家強初時以為是葉家家，面上露出明顯的笑容。但是很快他就發覺面前不是心中的葉家家，雖然她有同樣的名字和樣貌。

「老師，為什麼垂頭喪氣呢？剛剛還很精神。」

「沒什麼……只是有點意外，反正發生了，隨遇而安吧。」

「對！那慶祝我們重遇，你要請我吃飯。」

「現在？」

「是，走吧。」家家二話不說馬上挽著陳家強的手拉他走。

葉家家站在二人不遠處把一切看在眼裡，她憤怒的情緒高漲使滿臉通紅，雙眼滾動淚水的摩擦也變得通紅。她強忍眼淚，心裡思考著不值為這個花心男傷心。但是葉家家越想越難過，終於淚水如山洪暴漲，一發不可收拾。

＊　＊　＊　＊　＊

王興國依隨著人群移動，叫喊著口號，場面混亂。壓迫感使他透不過氣來，轉身走回主建築物前的空地，由於與群眾背道而馳，舉步艱難。他很吃力地才走到邊緣的草叢旁歇息，忽然他眼前出現數名男女衝擊建築物的玻璃大門。衝擊一浪接一浪，部份廣場群眾開始激動叫囂，群眾完全投入到這份高昂的情緒，那數名男女更興奮地加速撞擊。壓迫感再次使他透不過氣來，眼前的景物天旋地轉，王興國頭昏目眩之際，有人把他拉出人群。王興國回過神來，拉他的人原來是陳家強。

「王老師，你現在好一點嗎？」

「你……是？」

「是陳家強，古華生老師的學弟。好久不見。老師也是參與……」

「不，我來找東西……」

「找東西？」

「平庸就是平庸，知道世界的真相，不願妥協。卻又無能力改變，而選擇苟且過活。我啊，真是一個平庸的人！」

陳家強給了王興國他學校新地址的名片，王興國接過後一拐一拐地離開，陳家強站在原地看著他的老態背影，不禁感嘆歲月催人。反觀自己，雖然他願意與年輕二十多年的家家一起，亦非常恩愛。但是，事實在思想上必有分別，或許這就是代溝。然後陳家強會合站在一旁的家家，二人同行去找餐館吃飯。

「他就是畫圖書館那幅大畫的畫家，王老師。」

「噢！是他畫的……那幅畫還在嗎？」

「它太大了，新學校校舍找不到地方安置。我將它送給了一個開設廣告公司的朋友，放在新界北區一個影棚裡。」

「我想看，可以安排嗎？」

「要打擾別人，怕阻礙他的工作……」

「老師啊！你問一下吧，人家跟你認識都是因為那幅畫，你撥一個電話這麼小事，不要推掉我這個請求呢。」

「好的，好的。一會吃飯時我找那朋友問他，好不好。」

「多謝老師！為了獎勵你，我們去吃日本料理。」

「剛才不是說我請吃飯嗎？」

「是啊。」

「那算什麼獎勵我？」

「跟我一起吃日本料理嗎？這就是獎勵呢。」

「吓！這是什麼道理？」」

「跟漂亮女孩一起吃飯，老師很幸福呢！」

陳家強原本因為跟葉家家吵架鬧分手而悲傷，但是給家家纏著鬧著玩耍，漸漸忘記悲傷，而且內心奇怪地出現一股莫名的喜悅。

＊　＊　＊　＊　＊

葉家家一雙通紅的眼睛，充滿滾滾淚水。她回憶小時候跟媽媽回到她的母校，媽媽走進圖書館大樓，而當時她就在大樓外逛逛，卻是遇上了陳家強。他給了葉家家一份莫名的親切，這麼多年來葉家家就是努力生活朝著要陳家強成為她伴侶而來。

葉家家記得她成功轉校來到母親的學校，她在校務處問職員：「請問陳家強老師負責那個學會？」經職員指示後，走到圖書館大樓，看到陳家強搬著一大疊圖書走進來，家家露出微笑並深呼吸一口氣，跑進圖書館大樓。葉家家推開大門，就放聲大喊：「我是來加入歷史學會的！請問負責的陳家強老師在嗎？」

陳家強正在門口旁邊的借書處整理剛才搬進來的圖書，他正把一本本書分類放在地上。葉家家突然大叫，他忍受不了這個沒規矩的居然在圖書館內大喊大叫，在圖書中有一幅畫像就是香香送給家強的，他隨便放到借書處一角，便跳起來大罵：「誰人沒有規矩，竟然在圖書館大聲說話！」

葉家家冷冷地站在大門前，很優雅地伸出手指著我：「是老師，你！」

後來葉家家埋首在圖書館的書櫃間，爬上六尺高梯去十尺高書架上仔細地一本一本書看，在書櫃頂發現第一幕劇本，她偷偷望向陳家強，欲把這份喜悅分享給他，但是她仍沒有足夠勇氣，只好呆坐在梯上。

那年暑期的第一天，葉家家在圖書館大廳後方的凹陷的空間，發現第二幕的劇本。同時，她知道陳家強漸漸走近，她感受到她和陳家強的距離越來越近。她喜極而泣雙眼泛出淚光，屏氣凝神，期待的火熱使心跳加速。陳家強突然往後倒下，雙手因失重即時反應往四周瘋狂搜索可以依靠的東西，碰撞中抓住了背後的書架，身體抓緊了靠背總算沒有出醜倒下，但是書架因為衝撞而發出聲響搖搖欲墜，他剛好穩定了身體，忙亂中用手按住書架不致搖擺倒塌。然而，這一系列滑稽的動作正正給葉家家看見。葉家家緊緻的咀唇緩慢微張，彎曲了的咀唇露出白齒，翹起咀角說：「嘻嘻！老師，你好嗎？」

「是⋯⋯你好！你好！家⋯⋯葉⋯⋯家家，你好！」陳家強站穩身體，暗裡不動聲色地深呼吸一口氣：「葉家家，你在這裡幹什麼？⋯⋯你不是已經畢業了，還考進大學。你不預備好去成為大學生，還在這幹嘛？」

「我找到了！老師，我找到了。」葉家家抒發出難掩的興奮，湧出的淚水混雜著喜悅直撲過陳家強胸前。

「媽媽，我找到了……他就是我的另一半。媽媽，我找到了。」葉家家輕輕地把臉頰貼在陳家強的胸前在心中不停呼喚。

那年暑期的第二十八天，圖書館剛經歷風雨侵襲之後，因為葉家家聽聞校長強迫陳家強丟棄受損的書，她氣沖沖地從圖書館職員室走到校長室，跟校長理論。但校長卻微笑地回答道：「陳老師沒有答應我的吩咐，他說他會騰出新校舍圖書館的空間，也會保留所有圖書。」葉家家尷尬地站在校長面前無言以對。

那年暑期的第三十八天。葉家家因為陳家強對自己付出的感情懵然不知而生氣，不見陳家強多天。但葉家家時常在圖書館附近偷看他。她站在咖啡閣旁邊的樹後，望向在三樓窗內孤獨的陳家強，兩顆心同時沐浴在夕陽之下。

一段又一段的記憶全記錄在葉家家的日記內，葉家家痛苦地看著這個與陳家強渡過兩年光景的地方，她趁陳家強還未回家盡快收拾行李。她還記得原本這裡充滿各式各樣的圖書，陳家強為了她把圖書送到學校，整理房間給葉家家進來生活。葉家家吸一口氣拉著行李離開，在關門之前把這房子的鎖鑰放下。然後慢慢關上大門，她不捨的眼光注視著屋內，盡情地記錄這地方的每個細節。

* * * * *

當夜陳家強回到家時，發現葉家家已經收拾東西離開。他心裡非常著急，不斷撥打電話給葉家家。但是葉家家決斷地把電話關掉，陳家強不能留下語音訊息。於是他利用任何可以聯絡上她的途徑，用手機程式送出短訊、寄出電郵、電話訊息……但是葉家家音訊杳然。陳家強怪責自己跟家家吃飯，跟葉家家吵架後沒有即時回家，那麼他就可以阻止葉家家離開。不過一切已經太遲了，陳家強呆坐在廳中的梳化，在漆黑之中幻想著家家坐在身旁。二人拿著電視遊戲的搖控手掣玩劍道電視遊戲。陳家強不協調的身體，被葉家家打得落花流水。陳家強被擊倒跌坐下來，葉家家璀璨的笑容夾雜破喉的笑聲，顯得非常快樂。葉家家漸漸進入黑暗深處，消失在現實世界。陳家強的手機收到訊息而發亮，是家家傳來的，但他清楚知道這不是葉家家，因為他為了分別二人，於是在電話顯示中家家後面加上小丫頭來識別。陳家強頭也不動只把眼珠往下移，看到了電話上的顯示就沒有必要即時看這個訊息。當他回過眼球來時，剛好看到平面電視玻璃面上自己的反影。陳家強突然發現這間房子多了這部電視機，然後他環視全屋，為什麼圖書全消失了，漆黑中也看到很多鮮艷顏色的佈置，桃紅色的窗簾布、天藍色和黃色的坐墊、數層色調的綠色格子檯布、粉紅色貼大紅花圖案的鞋櫃……一切都是為葉家家添置的。可是，現在的陳家強再一次成為孤兒，一個人在這間昂貴的小房子裡，一個人呆坐漆黑的廳，一個人看著沒有開啟的平面電視。陳家強將自己完全融入黑暗之中，甘願做一個隱形人。

家家再次傳來訊息，手機的燈光照亮了客廳。一閃一閃，家家的訊息越來越頻繁，陳家強終於拿起手機看。當他欲開啟手機時，突然響起電話鈴聲。陳家強被突如其來的聲音驚嚇，頓時手足無措，把手機拋到半空，同時為捉緊它不小心地啟動接收的按鈕。家家的聲音隨著手機在半空翻滾，家家的聲音真的可用此起彼落來形容。最後，陳家強居然把手機拋到電視機櫃背後。

「陳老師……陳老師！」家家的聲音在櫃背的隙縫傳出。

陳家強嘗試移動櫃子，但他怎樣用力推仍然不能移動它半分。

「陳老師！你沒事嗎？女孩子生氣完了就沒事了，你不要自殺啊……」

聽到家家以為自己會自殺，他生怕家家會把誤會弄大，真的打求救電話報案。陳家強立即伏在地上，透過電視機櫃下的空間向著手機放聲說話。

「丫頭，丫頭……你聽到嗎？」

「陳老師，你聲音太小了。聽不清楚……」

「丫頭，我——沒——事——我——不——會——自殺——啊——」陳家強運用丹田之氣逐字大聲吐出。

「啊！你沒事就好了。但為什麼你好像從很遠說話呢？」

「有——點——意——外——沒——什麼——大——事——我——想——一——會——可——以——解——決——」

「真的就好啦！要否我來幫忙？」

「不——用——了——你——找——我——有——什麼——事——啊——」

「沒事，因為給你傳訊息，但你很久沒回覆，所以擔心你，才撥打電話給你呢。」

「哦——那——現——在——你——放——心——吧——稍——後——我——把——事——情——解——決——後——就——看——你——的——訊——息——」

「好的。那明早見。」

陳家強還未來得及問家家為什麼明早見面，家家已經斷了線。他喘著氣躺在地上休息，他側過臉看櫃下仍發出亮光的手機，心想活在這世界原來真是多麼的費勁。明天的事明天才打算吧。他呼出一口長長的氣，決定今晚索性直接躺在這裡睡覺。

＊　＊　＊　＊　＊

這天早上，陳家強剛完成晨早兩堂下課，教務處同事緊急告訴他，早上有一個王姓長者來到學校，要求要看以前圖書館的畫，但他知道那畫不在這裡後很激動，強迫他們告訴他那畫現在存放的地方。教務處同事迫不得已，把陳老師朋友的聯絡資料交給了他。剛巧陳家強今早就是完結早課後，約了家家到朋友的攝影棚看畫。於是，陳家強立即拉著在圖書館等候他的家家一起奔上計程車。

陳家強的朋友早已站在影棚門外等候他們，他告訴陳家強王興國一直坐在圖畫前自言自語。他們進入攝影棚，看到《最後的審判》放在寬敞的空間最遠處，王興國坐在畫前。陳家強和家家小心翼翼走上前。

「王老師，你好。你來看畫。」

王興國轉過頭來，看見陳家強，他很高興地起身迎接。

「家強，這幅畫要好好保存。放在這裡好，地方大又沒有閒人。這幅畫我花了半年時間完成，那時華生還在，我們決定放在你們以前學校的圖書館……噢！我介紹一個朋友你認識，芷若……」王興國回頭指向剛才坐的地方。「咦！她剛才還跟我坐在一起。可能去了洗手間，一會她回來介紹你認識。」

陳家強回頭看看他的朋友，用手勢表達兩個人。他的朋友遠處舉起一隻手指。陳家強明白他的表示，回頭看王興國。

「老師，一會我送你回家，好嗎？」

「不用了，芷若會帶我回去……她去了哪裡，這麼久還未回來？我出去看看。」

「慢慢，小心走路。」

陳家強扶著王興國向入口走去，順便跟他的朋友道謝。家家一直躲在一旁，避免與王興國有任何眼神接觸。當王興國踏出影棚後，家家才回復精神走到畫前。她望著畫中高高在上的那人，心頭怒火燃燒。家家輕聲自言自語，她望到畫下面地獄放火燒的靈魂，更肯定那高尚的是喜歡看別人受苦。

王興國推門走回來。「芷若說她有事先走，下次見面再認識。」

陳家強立即扶著王興國。「沒關係，下次，下次吧。」

「家強，來聽我說這畫的故事……」

王興國拉著陳家強與他的朋友向畫那邊走，家家相反地走向出入口，她特別繞到陳家強身後避開王興國。

「藝術作品和藝術家是不可分割的。你看，米高安哲羅把自己畫成一張人皮，猜想到他明白就算自己成就多麼偉大，到死後也只不過是一張沒有血肉的人皮，只是一個『臭皮囊』而已。最後審判對每一個活在世上的人早已出現，誰可享受天堂黃金的國度？誰要落入煉獄火燒？貧賤凡庸的人在出生以前已經被審判，一生活在這裡受苦，不知何時何日才可以從永恆煉獄火焰的酷刑折磨裡解脫出來。一切決定都是這個高舉右手充滿權能的神……」

當王興國指著畫上的耶穌像時，突然火焰從耶穌像的臉上燃燒。眾人一時未及反應，火焰已遍及整個耶穌像。王興國脫下外衣，瘋狂地拍打燃燒的火。陳家強阻止王興國避免受傷，他的朋友立即走到旁邊拿起滅火器向火源噴射。火勢片刻被撲滅，偌大的圖畫被燒了破洞，上面的整個耶穌像被燒成焦黑，滅火時的粉沫沾到畫面。王興國痛苦地用外衣抹去污穢，陳家強二人看到老人家悲傷的情緒亦感難過。他倆商量過後，陳家強的朋友決定幫忙修復，王興國情緒才穩定下來。

家家一直沉默地站在出入口，沒有任何反應。眾人亦忙於處理現場，亦沒特別注意她。

「丫頭，你沒受驚嗎？」

陳家強與家家剛回到市區，而他的朋友因住在新界與王興國住處較接近，由他駕車送回去。

「什麼？我哪有受驚？你不知道我天不怕地不怕嗎？」

「你的情緒落差很大啊。」

「女人就是這樣的……要去吃午飯，很餓呢。」

家家挽著陳家強的手拉他走，嘻嘻哈哈嚷著要吃日本料理。

* * * * *

葉家家離開陳家強已經兩個月，陳家強努力尋找過她，但始終沒有找到。同時陳家強因為家家出現而填補了葉家家離去後的孤獨，甚至覺得生活沒有任何改變，家家的性格特質與葉家家也很相似，活潑調皮，時常逗得陳家強展露歡樂笑容。陳家強也沒有再找葉家家了，而且跟家家的關係發展神速，家家說今天要親手做飯給陳家強吃，在街市買了餸菜，就到陳家強家樓下等他。家家等了很久，陳家強才跌跌撞撞地跑來，他立即向家家道歉，因為學校會議才會遲到。其實家家並沒有怪責他，反正是自己即興的舉動。

家家進入陳家強的房子後直衝入廚房，埋頭苦幹地做菜。終於她完成了，但廚房被弄得亂七八糟。陳家強和家家坐在飯廳呆呆地看著剛剛煮好的食物，家家撐著僵硬的笑容睜著眼睛望著等待他動筷。陳家強同樣是睜大眼睛，但他注視著檯面上的一碟碟餸菜。

「這些東西……」陳家強抬頭望向家家，家家保持著僵硬的笑容。

「啊！第一次拜訪，我還沒有參觀你的房子呢。」家家保持著僵硬的笑容四周張望。

「這些東西可以吃的嗎？」陳家強自言自語，心情複雜地想，吃了最差結果也只是肚瀉吧，又不會死的。於是他拿起筷子張大咀巴把食物放進口裡。說時遲那時快，放進口的食物也急急逃出生天。

「很苦……」陳家強起來趕緊倒一杯開水喝稀釋苦味。

家家終於收下僵硬的笑容。「哇……我是無辜的！我已經用盡力去做，不知道錯在那個步驟……哇！」

「沒事！沒事！只是這碟菜不好而已，我吃其他的。」

陳家強立即試吃其他餸菜，可是全都只有一樣的味道，苦。家家白忙了整天，換來這樣的結果，她崩潰大哭起來。陳家強努力安慰她，家家仍然哭泣不停。陳家強突然靈機一觸，從冰箱拿出一杯冰淇淋來，用小匙子掏一口給家家。

「家家，乖！家家沒做錯，是廚房的東西放得不好。乖，吃一口甜甜冰淇淋，由口甜到心。」

家家聽到陳家強這些説話，立即停止哭叫。她呆望著陳家強，心裡湧起一股暖暖的感覺，因為他不再稱呼她做葉小姐或是丫頭，而是家家。葉家家，她才是世界上唯一的葉家家。家家帶著微笑張口吃下這顆甜蜜幸福而且溫暖的冰淇淋。

最後這頓晚餐二人吃了速食麵，還玩了電視遊戲。他們狂歡了一夜。陳家強在清理廚房，那裡被家家弄得一團糟，他花了很長時間終於收拾完成。當他回到客廳，家家已累得睡在沙發上。陳家強看著家家，她睡得多麼甜，兩個家家多麼相似。他完全沒有感到他已經跟葉家家分手了，她跟本一直都在身邊。他給家家蓋上被子，近距離看她。她的臉比葉家家複雜，不是因為年紀較大，而是經歷留下的痕跡。此時家家突然睜開眼睛，陳家強的臉和家家的臉只有公分的距離。二人四目交投，一股衝動湧上。陳家強經歷過和葉家家的認識過程，今次他知道自己有決心落實執行心中的情感。

夜幕下，萬家燈火璀璨。家家戶戶勞碌一天，回到家中共聚天倫。這麼簡單的生活要求，這裡有多少人可以如願？

靜夜裡，家家披著被子站在窗前，這房子只有客房這個窗戶可以看到天空。明月當空，家家想著今天她終於有一個歸宿，多麼崎嶇不平的生活要完結，她放下被子赤裸身體給月光照耀，深深吸一口氣。

突然唯唯出現在她的身後，家家轉身望著她。唯唯仍然一聲不響地緊握拳頭站著，家家伸開雙手，示意唯唯上前。家家把唯唯抱入懷中，二人沉默中流下眼淚。雪白的身軀被月光照亮，發出純潔無瑕如天使般的光芒。

* * * * *

自從葉香香過身後，家家原本以母親為人生目標努力讀書的幹勁消失殆盡，終日心神恍惚，對任何事情都提不起勁。一天她走到葉香香故居，碰到小葉家家坐在大樓入口旁邊的椅上，身旁放了很多雜物和紙箱，看來是在搬家。家家站在巴士站，一直望著小葉家家的一舉一動。一位年長女人時常走到她前，不是給她糖果就是給她果汁，對她呵護照顧。後來，那年長女人似乎累了就坐在小葉家家旁，看著搬運工人把一箱箱物件運下來。家家慢慢走過去，若無其事地背著二人坐在她們身後。

「家家，要喝水麼？」

「不用。」

「想要吃點什麼？外婆買給你吃。」

「不用了。」

「我去拿點生果給……」

「外婆，你累了。你坐坐休息一下。我什麼也不需要。」小葉家家按著外婆不讓她起來。

「外婆，你是不是不要這房子？」

「家家，你為什麼這麼說？你媽媽吩咐要把這裡留給你的。」

「那為什麼你要我離開？」

「不是離開，我只是安排你去加拿大讀書，因為外婆是住在那邊。我要照顧家家，所以要帶家家一起過去。將來你長大了，你任何時候也可以回來這裡的。」

「那是什麼時候？」

「二十一歲。」

「為什麼要到二十一歲才能回來？」

「因為家家到二十一歲就是成人，你有自由選擇自己去哪裡。」

小葉家家用雙手的手指數著年份計算時間。「2003、2004、2005……2014，那要等十一年呢。」

「十一年，很快就過去。」

「家家現在十歲，十一年可以多一個家家呢！」

外婆聽到小葉家家的說話，哈哈大笑，把小葉家家抱入懷中。

家家把一切聽下來，她站起來看著二人，心想這就是她的外婆。她很想向外婆說她就是葉香香的女兒，也是她的外孫女。但看到面前的小葉家家被外婆擁抱著，不禁妒忌。在猶豫之際，小葉家家在外婆的肩膀上瞪著眼睛望著家家。兩個家家四目交投，不知為何產生強烈的排斥感。家家看著久了，感覺小葉家家的眼神帶著鄙視，還露出不善的斜笑咀角。家家頓時全身顫抖，心胸痛苦難受。

此時，唯唯伸手握住家家的手，她依靠著家家的肩膀，默默無聲。那夜唯唯偷偷地進入了葉香香的故居。唯唯純熟的技巧，一瞬間把這種舊式住宅的門打開。屋內傢具被布蓋住，大廳裡放置了高高的書櫃，放滿了書籍。書籍種類不少，中國歷史、文學、法學、教育的雖然是佔大多數，但也有不少其他種類，如藝術、戲劇、戲曲，更多的是小說，中外皆有。這房子可以稱得上是一個圖書館。牆壁上掛滿相框，很多生活照片，有些年代久遠。牆壁上還有一張長長的畢業照片，很容易就認出葉香香來，她坐在最前排椅上，挽著旁邊的男人，很高興的樣子。唯唯估計到這個男人就是古華生。

唯唯看看四周環境，視察每一角落。看到一個高度到腰櫃子，除了櫃子裡面全放著中式茶具器皿，櫃頂上放滿照片框架，其中一張照片位置非常醒目。唯唯走近細看，發現跟家家的嬰兒照片一樣，嬰見照片後面就是葉香香和古華生的單人照片，她毫不猶豫地把嬰兒和葉香香的照片放進袋內。

* * * * *

十年時間，家家經歷過多段短暫愛情，每一段的感情也是虛無飄渺，全是霧水情緣。情人間只有食飯看戲，家家內心深處抗拒著更深層的肉體關係，所以那些霧水男朋友一個又一個很快離開她。

一天家家經過一間日本料理餐廳門外，從落地大玻璃窗可以清楚看到餐廳內的食客。家家隨意望進去，發現陳家強。她本來想走進餐廳找他聚舊，但是陳家強對面坐著的竟然是葉家家。葉家家長大了，而且樣子跟家家很相似。分別葉家家是黑色短髮造型，感覺非常清爽。而家家當時是一頭染成金色的長髮，面部化妝亦較為濃厚一點。家家登時無名火起，心想為什麼葉家家總是佔據自己身邊認識的每一個人，母親、外婆、連陳家強也被她佔有。家家看著陳家強對葉家家的體貼溫柔，家家緊握著拳頭難掩心中的妒忌。

唯唯站在日本料理餐廳對面，等候著他們。唯唯整天跟著他們二人，直到他們回到陳家強的房子。她在房子大樓下等了一個晚上，翌日早上先看到陳家強和葉家家一起出門，然後分開乘搭公車。唯唯選擇跟著葉家家，到達葉家家就讀的大學。那個期間，四周特別多了校外人士，唯唯很容易進入大學校園。如是者，唯唯摸熟了葉家家的生活習慣。後來運動伸展到校園外，葉家家帶著行李住進帳篷內。那天後，唯唯幫家家把飄逸的長髮剪掉，染回黑色，妝容輕鬆簡單一點，葉家家就出現在鏡子前面。家家戴著帽子及太陽眼鏡，跟著多天沒回家的葉家家。家家一眼關七，早早看到人群裡的陳家強。她脫下帽子及太陽眼鏡，並故意讓陳家強看見自己。後來她與葉家家就是這般相遇。

＊　＊　＊　＊　＊

家家搬進陳家強的家，正式向世界宣布自己成為「葉家家」，「葉」這個姓氏終於可以得到承認。家家努力做好女人的責任，打理家務，並負責每天每餐的食物。家家先學習簡單的菜譜，一個月時間下來終於做得一手可以入口的廚藝。陳家強已經把現任的葉家家代替了前任的葉家家，他完全分不出生活上有什麼分別。要說不同的唯一是現在的葉家家會為他做每一餐飯，不用再叫外賣或在外面吃飯，更不用自己下廚。雖然食物不是太美味，但對陳家強來說這已經是非常幸福的生活。這天陳家強下課離開校門，遇上了葉家家，是前任的葉家家。陳家強霎時間認不清以為是現任的葉家家。

「你在這裡？為什麼不進來找我？」

葉家家覺得奇怪，他們這麼久沒見，見面時表現竟會如此輕鬆。

「很久沒見，你好嗎？」

陳家強聽了這話才如夢初醒，發覺面前的是以前的那個葉家家。頓時，他非常尷尬口齒不靈。

「噢！你是家家……啊……不……是，很不沒見……我……我很好。」

「你以為我是誰？」

「沒……沒以為。就是因為……你……突然出現，我一時反應不過來。」

「笨蛋。三個月了，你有沒有盡力找我？」

「我……我有……但是一直撥打電話……你沒接……」

「你這個月完全沒有來電，這算是盡力找我嗎？」

「這個月……這個月……我……學校……家……太忙了，所以太累……太累……早睡……多早課早起……學校工作大忙……最近考試時期……所以……」

「不要說了，你情緒緊張就會口齒不清。你有沒有掛念我？」

「掛念……有！當然有。」

「我想回家。」

「家！」

「回我們家啊。」

「你突然人間蒸發，三個月後出現說回家？」

「你這是什麼態度？」

「噢！不……不……我太……緊張……你……擔心你……」

「算了，不跟你斤斤計較。我們回家吧。」

「現在？……不可以……」

「什麼不可以？」

「我……現在……現在約了朋友。」

「那你給我鑰匙，我先回去。」

「鑰匙……鑰匙……」陳家強打開手提包假裝尋找鎖鑰。

「鎖鑰……啊！一定忘了，我回辦公室拿，你等我一會。」

聰明的葉家家怎會不知道陳家強的言行古怪，看著他慌張的神情已猜想到他有事情隱瞞著。

陳家強進入學校內立即找在家裡的家家，但是電話不斷響著，家家仍沒有接聽。陳家強焦急萬分，不知如何處理，跌坐在學校大堂的長椅上發呆。突然他的電話響起接收訊息的鈴聲，他一看是葉家家傳來的訊息，說她突然有急事先離去。陳家強頓時舒緩緊張的情緒，鬆下一口氣，全身無力癱坐椅上。

* * * * *

家家剛剛洗澡完走出浴室，她邊走邊用毛巾抹身體。看到放在檯上的手機顯示陳家強多次的來電，她光著身體欲撥回電給他。突然大門鈴聲響起，家家猜測陳家強應該忘了帶鑰匙才致電給她。家家走到大門，不理會自己沒有穿衣服，看也不看是誰就把門開了，然後走回浴室內。家家拿起吹風機吹乾頭髮，但她感覺到有人站在浴室門外。她放下吹風機，慢慢轉臉望向門外。

門外的葉家家瞪大眼睛，望著眼前赤裸的家家。她不敢相信眼前景象，這個也叫葉家家的人竟然沒穿衣服的在自己的家裡任意走動。而家家看到是葉家家反而感到驕傲自豪，沒有因為自己赤身露體而羞恥，而且她對於自己的身材比例非常自信，更不需用言語表達已經很清楚表示了自己是這裡女主人的身份，家家轉過身來高傲地坦蕩蕩的正面對著葉家家。

陳家強回來了，他開門後已感到屋內的極低氣壓，他小心翼翼走進屋內，看見家家已換上了便服坐在飯廳的椅上。

「她剛才來過，在我換衣服的時候，她走了，留下行李箱沒拿走。」

陳家強不由分說轉身奪門而出。家家看到陳家強的反應，全身發抖緊握拳頭。陳家強意想不到葉家家會回心轉意，原來他一直看不透這年輕女孩的心思，不禁想起初相識時，她就突然無聲無色地消失，十多天後又突然若無其事地出現。他很擔心葉家家，心想她不要做傻事。陳家強四周尋找，終於發現葉家家一個人坐在公園的鞦韆上。陳家強慢慢走到葉家家旁邊的另一個鞦韆坐下，然後將三個月來發生的事情巨細無遺地告訴給葉家家。

葉家家很後悔當天不辭而別，造成今天的結果。但她在言語上也責怪陳家強分手不足兩個月就另結新歡。但無論是誰的錯誤，誰能解開這個亂局？

「你還愛我嗎？」

「愛，一直以來沒有改變。」

「那個……你跟那個葉家家怎麼處理？」

「我……我……回去跟她說清楚。」

突然有人把葉家家推倒地上。

「你為什麼要不停傷害我！小的時候你獨佔了媽媽。媽過世後你獨佔外婆，現在連我的男人你也要搶走。」

陳家強立即扶起葉家家，看清楚那人竟然是家家。

「家家，不要衝動……冷靜……」

家家衝上前去用力推倒二人，然後朝著葉家家的臉重重地打了一下。

「你說什麼？你媽媽是誰？」

「葉香香。」

葉家家呆了，面前同名同姓同樣貌的人竟然是同一個母親。家家瞪著怒目，欲再襲擊她，但望著眼前的兩個人相擁在一起，她停下來，眼淚瘋狂瀉下。家家全身顫抖緊握拳頭，慌張地四周張望大叫：「唯唯，你在哪裡？唯唯……」

* * * * *

十二層高樓墮下，不知道是巧合或是天意安排，往下有十層樓的住戶伸出曬衣服的長竹枝，卸下他墮樓的衝力，最後王興國掛在一樓處，只斷了多條胸骨和腿骨，保住了性命。王興國再次進入醫院，躺在床上。但他非常高興，因為芷若在身邊陪伴他。這麼多年來王興國和芷若形影不離一起生活，直至最近電視新聞報導著的畫面勾起王興國的記憶。那個夢中的情景再次出現，而芷若突然失蹤了。王興國不得不慨嘆現實的殘酷，他不要活在這個現實世界，但又無勇氣再一次從窗外跳下去。王興國走到新聞報導的現場，他要狠狠地把自己拋到凶殘現實之中。他估不到會遇上陳家強，亦意想不到他可以跟這幅畫重遇。此刻這幅畫對王興國意義重大，因為畫畫時芷若一直倍伴左右。現在在王興國的世界裡他很快樂地重拾畫筆，在影棚內修復他的畫作，而芷若坐在旁邊看著他，他們非常幸福快樂。

這天陳家強一個人來到，他朋友跟他說王興國一直沒有離開，獨自坐著自言自語，畫上燒破的洞已經代為填補，為王興國準備好的油彩畫具，放在一旁沒有用過。陳家強遠望著王興國，感到非常難過，他完全幫助不到他。暫時只好麻煩他的朋友讓他留在這裡，待他找一個合適的醫生來給他治療。還有另一件事情，他的朋友從影棚的閉路電視看到那幅畫突然著火的原因。

話說當天家家趁著眾人在出入口處的時候鑽進畫框後，一會兒看到家家彎腰用火機燃點一條繩子。然後她往出入口處離開。剛巧王興國領著陳家強二人走回畫前。家家神情嚴肅緊握拳頭，口中念念有詞。陳家強盯著影片中家家模糊的樣子，與平常家家的清爽感覺大大不同。他回想那天他們一路上，家家就是這個樣子，直至回到市區她才突然改變。

陳家強離開影棚後，回到市區會合葉家家到孤兒院，家家的住處。家家長大後人生起起落落，工作不穩定甚至居無定所，加上她性格孤僻沒有朋友。幸得孤兒院院長安排，給她一份照顧院友的工作及房間居住。陳家強走到孤兒院，跟院長見面後稍為知道家家過去在孤兒院生活的軼事。

「請問你認識家家的朋友，名叫唯唯？」陳家強回頭問院長。

「誰是唯唯？依我所知家家從來沒有朋友。」

院長說家家養母因病過世，她的養父因為妻子而收養家家，卻把自己夭折的孩子埋在荒野，一直責怪自己，最後自殺身亡。陳家強想到家家似乎很憎恨那幅畫，她是在香香死後就消失了……陳家強努力啟動他有限的思考邏輯嘗試連結種種因素。

他們經院長指示沿石級而上，走到最頂層。一排長長的走廊末端有一條鐵梯，梯上是一個加建的閣樓，原本用作儲物室，後來就給了家家做房間。一個二百平方尺的空間，擁有半山一望無際的港島景色的窗口。一張古舊雅致的四柱床，傳聞是這大屋主人用的，後來大屋改成孤兒院，很多原本的東西被收藏在這裡。家家進來後就自己一個人清潔整理這房間，對她來說這是二十多年人生第一個屬於自己的地方。於是，收藏在這裡已久的傢具擺設雜物都被她用來裝飾房間，英式書檯連高櫃、木製皮坐墊可轉動的椅子、歐式風格餐檯及椅子，牆壁掛著一幅鑲在金漆已剝落的高雅畫框內的脫俗人像畫，應該是以前主人一家三口的畫像，經過家家整理後重現昔日的輝煌歲月。葉家家在看著書檯上的一本書，就是她找不到的第四幕劇本。陳家強被四周擺設吸引，他仔細觀察，每一件東西都充滿故事，就像家家的臉龐一樣，需要有心人感受閱讀。

在裝飾擺設中，陳家強發現了一張照片。

「香香……是香香的照片。」

「是。還有這張嬰兒照片、這個玉雕、茶具、媽媽的書本、日記……這些全是原本放在家裡。我猜想她在我跟外婆離開後去過我家，把這些拿走。怪不得我早兩年回來時，發覺家裡有些不對勁，但是又說不出什麼不妥。還有這本……」

「什麼？」

「媽媽的劇本。」

「是我們找不到的那本？」

「是。但是這本東西應該是放在圖書館的。」

「你怎麼會知道？」

「我跟媽媽一起去，那天我第一次遇見你。」

「我們有相遇過？」

「你忘了。當時我只有十歲。」

陳家強真的忘記了，但葉家家並沒有生氣，現在滿腦子只有另一個葉家家。

「所以她十年前已經拿走，她比我更早認識媽媽。」

* * * * *

『孩子！

從沒有你臉的印象，

從沒有你哭的餘韻，
觸摸不到你幼嫩的皮膚，
聽不到你對我的呼喊。
你
只是一縷煙圈，
瞬間即逝。
孩子！
從沒有溫暖的擁抱，
從沒有深情的熱吻，
觸摸不到我手心的汗水，
聽不到我對你的輕語。
我
只是一團糟糕，
糾纏不休。
孩子！
你的樂土，

只有指頭般大的
瑟縮。
沒開的眼睛保留人世美景，
沒成的耳朵清洗俗世凡音。
可惜
沒動的咀巴，
堵塞著你的希冀，
阻撓你來世的熱忱。
讓你
默然而去，
沒留給我任何的真實。
只留下
刀割裂的
疤痕。
關節痛楚般如鬼魅，
突然

隨風雨而至，
隱隱作痛。
孩子！
讓我盡嘗苦澀，
為你品味人生。
孩子，
不要把我遺忘！』

這段是劇本最後的文字，用詩來表達了主角小禾在人生中的遺憾，詩名《孩子》。葉家家看著小禾的結局，不禁流下兩行淚水。小禾因為拋棄了女兒家家，一生受著內疚罪孽的煎熬，最後帶著遺憾離世。

此時家強的電話響起，醫院說家家私自離開了。陳家強和葉家家欲趕去醫院，但在孤兒院門前被院長阻止。

「你倆樣子真是很相似。我終於明白為何你母親來接家家時，她不願意相認。」

「什麼意思？」

「唉！你當面問她吧。她剛回來，在小教堂內。」

陳家強和葉家家依院長指示走到大樓旁邊的小教堂，家家站在高排的十字架前。十字架上受苦的肖像消失了，沒有任何樣貌表示對世人的憐憫。家家望著空洞的十字架，內心深處的怨恨沒有了渲洩的對象，鬱結糾纏心裡納悶。

葉家家吩咐陳家強留在原地，她走上前到家家身旁。

「姐……」

「我太自私，以為得到幸福而拋棄了唯唯。」

「姐，我會永遠在你身邊陪伴你的。」

「我搶了你的男人。」

「你是否很討厭我？」

「曾經。不是你也叫家家，我早跟母親相認。」

「媽媽因為掛念你，才用你的名字。」

「我知道。本來打算十四歲生日跟她相認，可是她沒等我。」

「我和媽媽一直等你回來，雖然當時我還小，但清楚記得媽媽逢週末帶著吃的穿的來這裡。」

「為什麼那個只有十字架？」家家望著高掛的十字架問。

「只有十字架？」

「上面不是應該有一個受苦的人嗎？」

「那是……」

「這裡的十字架全都沒有那個人，每次見到那人受苦的樣子我心裡會感到平和，覺得他罪有應得。他是不喜歡我，他不給我媽媽，他不讓媽媽生存，他不容我幸福快樂。他不斷破壞我的人生，做了這麼多壞事，現在他是沒臉見我嗎？我憎恨你，你是他的同謀，但我是不能傷害你，怕媽媽傷心。」

「媽媽的一切都是留給我倆的。」

「那他怎麼辦？」家家指著陳家強。

陳家強呆頭呆腦站在遠處，看見兩個家家同時望向他，立即顯得尷尬。在沒有耶穌像的十字架下，家家等待葉家家的答案。

* * * * *

自小家家被養母困在家中管教，養母非常嚴厲，家家做錯一點家課或沒即時回應，養母立即拿起藤枝打下去體罰家家，並且不容許她接觸任何人包括鄰居。家家養母親自教授課本，強逼家家做作業讀書學習音樂等，更不容許她離開家門。養父為了不刺激妻子的情緒，遷就她的任何決定。家家被擠壓成一個孤僻的女孩子，眼神銳利卻沉默寡言。一天養父母深夜外出，因為他們以為家家睡著了，沒有反鎖門戶。家家覺得奇怪，於是跟著他們走到住處背後的山上。二人從小袋中拿出鮮花、糖果餅乾等，跪下禱告。從他們說話間，家家恍然大悟原來自己是他們拾回來代替他們夭折的孩子，她慌忙地跑回家躲在床裡。翌日，家家趁養父外出工作，養母去街市買菜。她嘗試進入他們的房間，但是門鎖上了，她嘗試了很多次仍不能成功。剛好鄰居找了鎖匠開鎖，家家乘機假說自己貪玩把房門反鎖，請求鎖匠幫忙，否則會被家人責罵。鎖匠看見小家家可憐的樣子，就答應了。鎖匠一下子就把房門開了，家家覺得很神奇要求鎖匠教她。鎖匠見這個小女孩長得可愛，先教了普通房間門鎖的開關方法。鎖匠更送了一套簡單的開鎖工具給她，並放下名片叫家家有空到他店鋪裡學習其他開鎖方法，然後離去。家家立即在父母房間尋找，但是房間裡一切好像都被鎖鎖上一樣。家家唯有先記下每一種鎖的樣子，然後離開養父母的房間並重新鎖上。時間剛好，養母開門回來，家家已經坐在書桌上做作業。

一天天過去，家家每天偷偷到鎖匠處學習開啟不同的鎖，每一天開啟養父母房間內的大大小小不同的鎖。一星期過去，終於她把房間內所有的鎖打開了，並沒有什麼特別。現在只餘放在床底下一個沒有上鎖的鐵餅乾罐，家家放下手中開鎖的工作，用手打開鐵罐的蓋。罐內只放了一張嬰兒照片，照片背後寫著「家家，7月1日」，家家想著明明自己是七月七日出生的。照片上的嬰兒與自己小時候的樣子是一模一樣，証明這張照片上的嬰兒就是自己。那麼，這不是証實了那夜養父母的說話，家家是他們拾回來的。

養母回到家中，看到房間內的各種鎖均被打開，而家家依著床邊坐在地上，手拿著照片，旁邊是打開了蓋的鐵餅乾罐。養母怒火攻心，隨手拿起長藤欲鞭打家家。家家沒有逃避，任由養母粗暴對待。家家緊握拳頭全身顫抖，突然她舉手擋住長藤反手把長藤搶過來。怒目瞪著養母，然後把她從上鎖的櫃子裡拿出的糖菓撒向她。養母看到滿地糖菓頓時傷心落淚爬到地上逐一拾起來，家家看見養母崩潰的樣子不禁心生憐惘，但養母表現得害怕了家家，躲到床尾與衣櫃的狹窄空隙避開家家。她擁抱著糖菓不停地喃喃自語說：「乖女，媽對不起你！」。

晚上養父回到家中，發覺屋裡漆黑一片，他打開廳的電燈，看到家家瑟縮在窗台上。他知道家裡必定發生事情，他立即叫喚並四處尋找妻子。終於在他們的房間內找到躲在狹逢間的她。折騰了一整個晚上，養父終於安頓好妻子睡覺。然後走回客廳，坐在沙發上。

「你知道了。」

瑟縮在窗台上的家家慢慢回頭望著他，向他點頭。

「我們對你不好嗎？」

家家呆著看著她的養父，平時養母嚴厲責罵家家，養父會維護她。他給家家仁慈體貼的印象，但是現在的養父完全變成另一個人。

「我們沒有給你供書教學嗎？」

家家已經不會回答。

「我們沒有給你喝的？吃的？沒有給你穿的嗎？」養父怒吼。

養父乘著怒氣站起來一抓把細小的家家從窗台摔到地上，家家身上的襯衫被扯破，家家急忙起來欲逃回房間，養父拉著家家已破的襯衫不容許她逃跑。他已被憤怒的情緒蒙蔽，重重的拳頭連續地毆打到家家身上，家家痛苦難當極力擺脫。她的襯衫被撕掉光著身體在地上爬，但養父沒有罷休，他瘋狂地用腳踢、用腳踩家家，家家邊爬邊躲被逼到牆角，她無力反抗任由身體被虐待。

此時一個女孩突然出現，用身體保護家家擋著養父的拳打腳踢，家家縮作一團躲在女孩的懷抱內。養父虐打了家家差不多一小時，他終於因疲倦而停下來，他返回房間蓋頭大睡，只餘下家家和那女孩。

「謝謝你！」

女孩沒有回答，只是露出笑容。

「你叫什麼名字？」

女孩仍然沒有回答，家家以為她是不能說話的就代給她一個名字。「唯唯，我的唯一。」

唯唯拿了養父的外衣給家家遮掩身體，然後拉著家家走出門外，氣沖沖地一直走到後山，那是養父母拜祭的地方。唯唯赤手挖起草地上的泥土，她不斷挖出一個一個洞，每個洞越挖越深，越挖越多，差不多把整片小草坪翻轉。天色漸亮，終於唯唯找到了，那東西外面原本包裹著的布已經長時間被風雨侵蝕破掉，餘下厚厚的膠布料仍然原整無缺。唯唯把膠料拆除，最後露出一個被透明膠袋密封的瓷罐，罐面用油性筆寫著「親愛的女兒」，唯唯滿意地帶著家家回到家中。

唯唯拖著家家進門朝著養父母的房間去，她很用勁地推開房門，木門撞擊牆壁發出巨響，養父母被驚醒過來。二人不約而同地破口大罵，家家害怕地躲在唯唯背後。唯唯依然沉默地向他們二人展示手中的瓷罐，二人還未認清狀況，唯唯把包裹著罐子的最後一層膠料撕裂，雙手握著罐並正面伸出向著二人。養父母看到罐面的字，立即知道是什麼一回事。可是唯唯沒有給他們一刻反抗的機會，把罐子擲在地上，瓷罐頓時破碎，罐子內的東西散滿地上。養父母從床上跳下，抱著掉在地上的東西痛哭。

自此之後，養母病情急轉直下需要留院治療，不足一個月養母病逝。養父收拾好散在地上的東西，買了一個新的瓷皿來安放。養母過身後，養父把工作掉了，一直不跟家家說話，只簡單地照顧家家三餐。一天，養父煮了白飯，煎了一隻雞蛋放到餐檯，然後他在沙發喝酒。家家低下頭慢慢走到餐桌前看著檯上，只有一份食物並沒有餐具。家家望向死寂一樣的養父，她很想關心他，因為自從養母死後，養父已經沒有吃過東西似的，只是不停喝酒，喝醉了就在沙發上睡覺。而且一直不說話，更不看家家一眼。家家走進廚房拿出餐具，欲轉身回到飯廳。赫然發現養父站在廚房門外，他的手拿著一碗白飯和煎蛋。他面紅耳熱，呼吸急促，雙眼通紅，不由分說把白飯煎蛋往家家的臉擠壓，一夜的痛打家家，打得累了就躺在沙發上睡覺。第二天醒來看到家家受傷的身體，他會後悔傷心。然後又是喝過爛醉，再打家家。唯唯受不了養父時時刻刻的虐待家家，為了保護家家，她在養父再次打家家的時候，拿起安放養母和她們夭折女兒灰骸的瓷皿擲向他，家家制止不及，瓷造的器皿撞擊而爆破，養父整個身體粘上灰盡和殘骸，霎時間整間房子散落飄浮著故人的塵煙，養父像喝酒喝瘋了的樣子，張開大口吞下灰塵。凌亂不堪的日子要完結，養父明白自己無法控制憤怒的情緒，後來他索性將家家送到孤兒院，把十年前抱走家家和私自埋葬夭折的嬰兒一一告訴院長。院長收留了家家並向警方報案，警察到他家時，揭發他在家裡上吊自殺身亡。

* * * * *

在高掛的十字架下，家家情緒仍然翻滾，內心不安難以安撫，她睜開眼發呆。遠處漆黑的牆壁前，一個人影晃動。家家聚焦那處，那人走前站在光中，原來是唯唯。

「唯唯，你回來了。」

唯唯點頭。

「你回來就好，不要離開我。我很需要你……」

唯唯走到家家旁邊，深深吻了家家。然後揮手道別消失在漆黑的牆壁上。家家心痛哭泣，從回憶的思緒中返回現實。

「姐，什麼事？為什麼哭？」

「唯唯真的走了。」

「姐姐已經失去太多，妹妹不會跟姐爭。」

「什麼意思？」

「姐姐想要的，我不會跟你爭。」

家家看著面前同母異父的妹妹，意想不到是她從未想過跟自己爭鬥，過去的怨憤憎恨全是一廂情願，過去原來是枉然渡過。葉家家緊緊擁抱著家家，她記得母親第一次到孤兒院時，母親跟院長進去辦理手續，她自己一個在前園玩耍。葉家家抬頭望上二樓露台，看到家家。

「你住在這裡？」

「是。你呢？」

「我不是住在這裡。」

「那你來這裡做什麼？」

「我來認識新朋友。」

「新朋友？是誰？」

「我不知道。」

「那你怎知道來認識新朋友？」

「媽媽說的。」

「那你媽媽在哪？」

小葉家家指著大樓。「在這裡住的都是沒爸媽的嗎？」

「誰跟你說？」

「我聽院長奶奶說的……」

「是的。」

「你也沒有嗎？」

「我只有媽媽。」

「我跟你一樣只有媽媽。但你為什麼住在這裡？」

「我被媽媽拋棄了。」

「媽媽不會拋棄我的。我估你媽媽也不會。」

「為什麼？」

「因為是媽媽。」

葉家家突然想念著母親為了職責拋棄了自己，她這十多年來也有同一個疑問，為何母親會不顧自己的女兒感受而犧牲生命來幫不認識的人。葉家家抱著家家一起哭泣。

＊　＊　＊　＊　＊

在那個非常的日子，這地方人心惶惶。葉香香知道疫情擴散並且嚴重，已經有很多醫務人員因照顧病人而受到感染，更有人因此死亡。葉香香決定全時間留在醫院裡跟大伙同袍一起，於是她要求母親回來香港照顧小葉家家。當天她們二人正為葉香香的決定爭吵，正鬧得面紅耳熱之際，電視新聞報導台灣疫情失控，政府決定隔離多間醫院，不准任何人仕進出，即時掀起人們瘋狂逃亡的連鎖反應。電視畫面所見，很多醫務人員在窗口呼喊求救，有的破口大罵隔離政策的不人道，有的更爬出窗口試圖逃跑。葉香香和她母親看到報導，不約而同停止吵鬧。她們細看畫面和報道，然後互相交換眼神。

「媽，你想看到我們也這樣子嗎？」

「人……人之常情……誰不怕死？」

「所以我才自願留守。」

「家家？你不理她嗎？還有另一個呢？你也不理她嗎？」

「你幫我照顧家家。至於另一個……」

「我一定照顧家家，但是那個……連你也不認又怎會認我。待你工作完回來，你自己處理吧。」

「你心裡明明就贊成我的決定，為什麼總是找藉口刁難我？」

「因為我是你媽！」

「因為我是她們的媽媽，所以我更需要這樣做。難道你想她們的媽媽，你的女兒是一個逃兵，貪生怕死嗎？」

「現在的家家不會明白你。」

「那麼將來一定會明白，這是我們作為母親的責任，要她明白事理。」

「我是你母親，我理性上支持你，但感情上不想你去冒險，你明白嗎？而家家只會感到媽媽掉棄她不顧而去。」

「不要說成我一去不回，我懂得保護自己。」

「死了兩個醫生！還有幾個染病的護士呢……你叫我怎麼可以不擔心？」

「如果要我一個人死能夠救回醫院裡的同袍、感染的病人和全香港人，我義不容辭！」

葉香香母親見她如此堅定，無話可說。

「媽媽，為什麼你要死？」家家被她們吵架的聲音弄醒。

葉香香變得溫柔抱著小葉家家。

「家家，媽媽不是要死……只是要犧牲……跟家家一起的時間呢。家家願不願意接受和支持媽媽？」

「支持媽媽。」家家淚眼汪汪。

但是事情並沒有順利結束，疫情嚴重擴散。由於疫情嚴峻，醫院裡劃成隔離區。小葉家家拖著外婆的手，緊緊跟隨她走向醫院。她們穿過人群，外婆帶她經過進入隔離區的入口處，外婆把特許信件交出，警衛帶她們走到離醫院正門十米的地方等候，經通訊設備與大樓內的人聯絡並通知葉香香出來。

葉香香穿著包裹全身的保護衣服走出玻璃大門，相隔十米跟小葉家家們對話。外婆跟葉香香談了一會後，問小葉家家有什麼跟母親說話。小葉家家想了一會大聲地說。

「媽媽，你什麼時候回家？」

葉香香經過外婆的幫助才聽到小葉家家的說話，她感到難過但是女兒現在年紀那麼小，怎樣解釋她也不會明白。葉香香想了一會回答小葉家家。

「你在家等媽媽，媽媽工作做完立即回家，你要聽外婆說話，要乖。」

「媽媽不要拋棄家家。」

「不會，因為我是你媽媽。」

葉香香想不到有什麼更好的回應，她知道這次疫情爆發至不能控制，雖然大家都很害怕，但是沒有一個人離開崗位，每一個醫務人員包括醫生、護士、甚至醫院裡的清潔工人，大家同心協力一起對抗。葉香香看著幼小的葉家家，然後四處張望。

「媽，你有沒有去孤兒院？」葉香香問。

「去了。找不到她。」

葉香香失望地跟二人道別，然後轉身回去。

「媽媽……」

葉香香正想走回醫院裡時，突然聽到有人叫她。她立即轉身用眼睛四周搜索，她覺得是家家叫她。可是，葉香香連家家現在的樣貌也不清楚，又怎可以尋找到。

當葉香香轉身離開時，她猶豫地回頭望，正好看到跪在地上低頭痛哭的家家。葉香香看見這個熟悉的女孩，心裡與她如此多番巧合並非偶然，葉香香猜測這個女孩可能就是家家。當她想捉緊二人相認的機會時，家家突然起身急跑離開，葉香香看著家家消失在人群中。

一個星期後，傳來了葉香香殉職的消息。小葉家家不明白死亡的意思，只知道媽媽永遠不會回來。小葉家家不斷問外婆，媽媽為什麼拋棄家家，外婆怎樣解釋小葉家家也不接受。最後外婆決定帶她離開香港去過新生活。

離開那天，外婆正忙於處理搬運工人的工作時，小葉家家遇上家家。

「你還記得我嗎？」

「姐姐。」

「是。你搬家？」

「跟外婆去外國。」

「你媽媽呢？」

小葉家家眼淚盈腔顫抖著說：「她走了……她拋棄了我。」

家家本來想責罵小葉家家搶去媽媽，但看到她就像自己被遺棄的感受一樣，頓時心軟下來。

「媽媽沒有拋棄你。」

「為什麼？」

「因為是媽媽。」

第二天，兩個家家收拾簡便的行李，便撇下這裡的一切乘飛機到地球的另一面。

* * * * *

陳家強從學校走出來，拿著厚厚的手提包，慢慢地走路回家。約走路十分鐘左右，他到了商場的超級市場購買晚餐材料。他買了一包已調味的梅菜肉餅、一包菜心、一包內附一條整理妥當的紅衫魚、葱及薑片。然後陳家強再行走多五分鐘左右，回到大廈地下大堂，打開信箱取信件。乘升降機回到家裡，放下手提包就進入廚房，拿出透明膠杯，將兩杯份量的白米放入電飯煲的內部盛器中，用自來水清洗白米，平放手背量度需要多出的清水份量，再放回電飯煲機身內，按下電飯煲電源掣。家強將梅菜肉餅放在瓷碟上，把紅衫魚清洗，仔細清洗魚鰓和胸腔內除掉的內臟部份，最後清洗菜芯。然後將梅菜肉餅整碟用不鏽鋼架放進開始半熟米飯的電飯煲內。陳家強回到睡房更換在家穿的便服，把手提包內的學生習作和當天要完成的工作放到書房桌子上。然後返回廚房，點著煤氣爐，燒紅平底鑊後加食用油，油滾後放下薑片，再放上紅衫魚用中火煎，食油最理想是浸過半邊魚身份量，當煎魚香味產生時，可多待一至兩分鐘，才翻轉魚身煎魚的另一邊。如是者反覆多次，魚身呈金黃色即可上碟，留下的食油就用來炒菜芯。此時白米也煮成熟飯，連同一碟梅菜肉餅就有一頓三餸晚餐。

陳家強一個人坐在餐桌旁，呆望著檯上的飯菜。他內心再次埋怨自己，沒有如父親的希望興起家族，因為他只有一個人孤單寂寞地擁有這間空洞的房子。四十八歲的陳家強，再一次成為孤兒。原本他已經用二十年的時間來習慣這樣的生活，但家家的出現、離開、另一個家家的出現、到兩個家家一起離開，他感到好像再渡過了二十年般。現在兩個家家已經離開了陳家強，他心裡難過不是二人的離別，而是他想到要再花二十年時間去重新生活而感到疲倦。陳家強寧願任何一個家家都從沒出現過，那麼就不會有孤獨寂寞的自憐，每天安穩地重複著相同的生活程式，一個人只為生存而勞勞碌碌生活下去。

「家家，為什麼要離棄我？」

「我不想傷害姐姐。」

「那我呢？你離開不就是在傷害我嗎？」

「你做錯了事情，不是應該受到懲罰。」

「這不單是我做錯。」

「所以我也要受懲罰。」

「為什麼你總是自作主張，不跟我商量？」

「難道你要姐姐再受苦嗎？」

「我……我可以照顧你們倆……」

「陳家強，你腦袋有問題嗎？」

「我……我只是不想你離開……」

「你自私，只不想孤獨，我和姐姐任何一個留下來對你是沒有分別。」

陳家強腦海不停重複葉家家的說話，他已對自己的人生失去生存的力量。月色朦朧，陳家強站在窗前呆望遠眺，失焦的瞳孔看到古華生墮樓的景象。他打開窗門，站在窗台上，他的身體向前墜下，失去重量的感覺使他感到莫名的奇妙，但離心力把靈魂抽離身體般的感覺喚起他的恐懼。

陳家強驚醒過來，原來他坐在客廳的沙發上睡著了，餐檯上的飯餸原封未動。空洞死寂的房子，只有陳家強喘急的呼吸聲，鏗鏘回響。

「家強，可以吃飯了。」家家從廚房出來把一碟餸放下，然後走回廚房裡。

「家家，你來了做飯？」陳家強立即站起來跑到廚房。

但是廚房內空無一人，陳家強呆站在整潔的廚房門外。孤獨寂寞的感覺充斥著他的腦袋裡面，而心裡卻是空洞洞的摸不著邊際。

陳家強再次驚醒過來，原來他坐在客廳的沙發上睡著了。

「家強，要起來了。阿媽已經在茶樓等著我們呢。老人家說要早點去才有位置，你還呆著？快點起動吧……」

陳家強不知是夢幻還是現實，跟他說話的是他前妻，他的初戀情人。他瞪大眼睛仔細觀察四周，簇新的傢具，牆壁前放著盛滿書籍的書櫃。年輕的妻子在大門前走廊站著，多年輕的樣貌，眉清目秀，眼神永遠充滿自信，薄薄的咀唇又惹人憐愛，她嬌氣地叉腰瞪眼看著陳家強。

「啊……你在……」

「你發生什麼事？神不守舍。」

「媽在等我……」

「是啊！快點吧。媽等了很久。」

「今天是什麼日子？」

「什麼什麼日子？我們快就要結婚，很多事情要辦。」

陳家強立即起來追著已經推門離開的前妻，他打開大門，門外竟是明信中學舊校舍的圖書館。突然葉家家在他身後出現，一把熟悉的聲音響起：「陳家強老師在嗎？」

陳家強回頭一望，發現站在明信中學舊校舍的圖書館大樓的大門前，迎面而來掛著王興國臨摹的《最後的審判》位置上的牆漆剝落，露出牆壁裡面是一幅壁畫。而且竟然巧合地是米高安哲羅的《創世記》，神如疾風般飛來，用地上的塵土造人，將生氣吹進他的鼻孔裡，他就成了有靈的活人。這幅畫就是描繪這個男人剛被造成，軟弱無力的身體，伸出手用指尖接觸充滿權能的神。陳家強看著空蕩蕩的圖書館，館內所有傢具已經被移走，全部牆壁面層油漆被挖掉，牆壁露出不同的壁畫。陳家強站在中庭，望向天花，陽光沒有被圖書櫃的阻擋，盡情地照亮這裡每一寸空間。他突然發覺圖書館變得很大，人顯得更渺小。陽光透過彩色玻璃窗照射到室內，渲染出彩色的圖案映在各處。一陣風吹起四周的塵埃如雪花飄散，在陽光照射下反映出閃閃金光，陳家強恍似進入無限的宇宙，浮遊在虛無飄渺之中，四周繁星包圍，繁星閃爍不停，像極少女明亮的眼睛在向他問候示好。陳家強失去重力般天旋地轉，三心兩意拿不定主意要捉緊那顆明星。在猶豫中繁星散落，美女們一個一個消失，他立即隨手捉住一個。

陳家強定神看清楚面前的人，原來是葉香香。二人四目相交，似是故人來，陳家強空洞的內心瞬間被填滿充實，頓時覺得實在。他拖著葉香香在宇宙間的星際穿梭飛翔，看到混沌初開，創天造地的鬼斧神工。看到日月星晨的出現，看到生命的誕生。感受到靈魂的氣息如風般吹進大地，看到巨大的神祇造人，造男造女，看到精雕細琢出來的俊男美女。突然，葉香香化成一縷輕煙被送到正在吸氣的巨大神祇口中。陳家強急忙從宇宙俯衝落人間，直奔向巨神處欲拉回葉香香的靈魂。只可惜巨神已經將化成煙霧的葉香香吞下，陳家強因高速穿越大氣時的衝力而暈倒，化成煙縷墜落在地上泥人次貨堆之中。當陳家強醒來後，已經進入了泥人體內，他爬上巨神身軀，眼巴巴地看著化成煙縷的葉香香從神祇口中吐出，融入巧奪天工的仙氣少女身體之內。陳家強不惜一切帶著肉體從穹蒼向著山顛俯衝，颯颯氣流在眼前分開，天上的飛鳥也要讓路。一瞬間陳家強眼前已是葉香香，陳家強看到她咀角翹起露出微笑抬頭冷眼望著他。陳家強突然意識到身不由己急墜的失重感，令黑暗空洞的死亡意念突然湧現，恐懼驚慌令陳家強再三驚醒過來，朦朧冷漠的月光映照，他坐在客廳的沙發上，餐檯上的飯餸原封未動。空洞的房間化作雲煙迷霧，前妻、葉香香、葉家家、家家，不斷出現然後消失。陳家強感到自己不斷墜落，人事物不斷出現，零碎的人生片段重複交錯，分不清今時往日，分不清現實虛幻。陳家強失去重心般在虛無混沌中不停流轉輪迴。

跋

一

在拍攝工作室內，一個樣子甜美且身材出眾的少女作為模特兒，我假裝專注拍攝，其實是非常專注這個少女。我心裡泛起漣漪，但是強烈把這份波動按捺下來，因為我年紀已經接近半百，道德標準上我不能貪戀一個未足十八歲的小女孩。我偷偷的透過相機鏡頭注視這個新人，心裡不禁讚嘆她的美麗，她的瓜子臉形，眉目清秀動人，眼神散發出楚楚可憐。她的臉已經具有一種勾攝男人靈魂的力量，加上她那玲瓏浮凸的身形，男性怎可逃避佔有她的幻想。但她似乎習慣了男人邪淫的眼睛，還露出天真爛漫的笑容，逼使男人們的幻想更放肆地無限延伸。我為了自尊擺出一副專業的樣子，顯示出我沒有與其他男人相同的邪淫幻想。我一直表現專注工作，沒有流露一絲內心的顫動。有時從眼角的視線看著少女跟其他男人談笑，不禁疾忌。

男人的心會為慾望而蠢蠢欲動，那怕只是為了一丁點情慾，也可以幼稚地不惜一切放棄半生辛苦經營得來的所有來換取片刻歡愉。只要給一個動力，一個輕輕的推動力，就可以推出這一步。當然這個推動力必須使男人突然變得盲目，突然渴望自由，突然追求理想……換一句話說只欠一個藉口而已。少女換了衣服，這款式更性感，她的胴體充滿活力，如龍捲風一樣席捲大地，把一切拉扯到颶風之內，有生命的和無生命的均無一幸免。我的心靈已經在風中打滾，不停圍繞著颶風中心旋轉，而風眼裡面就是巨大的少女，渺小的我遊走著她身軀的每一處，我因興奮產生了勇氣，甘心樂意付出性命來換取這份歡愉。隨著接觸少女的身軀，興奮就加速遞增。她的修長美腿、圓渾的臀部、纖細的腰間、豐滿的胸脯、性感的頸項、誘惑的紅唇、迷人的眼睛……我正在踏出男人渴望自由的一步，盲目的追求慾望。我不知不覺間走近到少女旁邊，為相機換上微距鏡頭。終於用手接觸少女的身軀，每一分每一寸我都在用視覺品嘗細味。當然，在別人眼中我是專業的攝影師用專業的全新角度來演繹。當鏡頭對準著少女的眼睛，我倆透過相機交換眼神。止住，一切停止，空氣突然消失，完全被這個極具破壞力的慾望壓迫，窒息致死。

我似乎已經竭盡心力，事實也是如此。故意轉身走到放置相機鏡頭的箱子，逃避剛才一發不可收拾的慾望呼喚。可惜，已經太遲了。我低頭假裝整理相機，卻是斜眼偷偷望過去。少女卻無視旁人，深情款款地凝望著我。一切將會如深夜山洪暴發般，不可逃避亦無法逃避，活活埋在濕透的泥土裡，不能自拔。

二

我抬頭遠眺，認為山上風光明媚，於是伐木建屋住在山下，方便尋找上山之路。尋尋覓覓，兜兜轉轉，迷失在山腳林中不得其門。有劈柴的途經，說劈柴的都熟悉上山之路。於是我努力苦練劈柴之技，但仍然找不到門路進山。後來在林中遇上採草藥的，說採藥的最清楚山的地形，學好草藥種類就懂看山川地形。於是我找來一大堆相關書籍強記圖文，可是仍是找不到上山的門路。不久一個和尚經過，他說他的廟宇寺院建在山巔，他多年來每天早出晚歸可說是閉上眼睛也能回到寺院。我立即請他教我上山之法，他說我先去頌經念佛，悟道之日就是到達山巔寺廟之時。於是我每天勤力頌經祈禱，可是多年後我仍然繞著山腳而行，費盡心思依舊是原地踏步。一天早上，一個穿著光鮮西裝畢挺的老人帶著鄰家可愛的小女孩經過，小女孩告訴我老爺爺帶她上山玩耍。然後，二人悠然地走入山中。我呆站在原處，心裡莫明的幽幽痛楚。我望去二人背影，欲立即跟著他們上山去。可是回頭看著自己親手建造的屋舍，放滿的書籍經文和精心打煉的鋼刀利斧，心怕會被賊人盜竊。誰料到只是片刻猶豫，我轉睛回望二人，他們已消失林中。我抬頭望向山上，天空被密林蓋掩，一道紅霞在樹葉隙縫間流經山脊，陽光穿過葉叢照到我的臉上非常溫暖，突然兩行淚水流下，心痛如絞。

三

天空只是一條藍色的布帶。我行走在高樓大廈之間的窄巷，仰望天際。我由一條窄巷走到另一條窄巷，天空沒有改變它的形象，依然狹窄。我試圖找出這條藍色布帶的盡頭，然而高樓大廈總是互相靠近傾斜，天空只是一條永無止境的藍帶。我迷失在如迷宮般的窄巷行走，穿過一條又一條小巷，拐過一個又一個彎角。在這個由無數高樓建築組成的城市中，天空被無數的大廈分割成縱橫交錯的線條，形成一幅巨網罩在人間之上，把人牢牢抓緊。混凝土造成的巷道，夾雜了柏油路，灰色的牆和黑色的道路成為這個城市的主要顏色。灰暗朦朧的道路和牆壁，幸好還有高牆上的玻璃幕牆幸運地反射陽光，在兩幢大廈的狹窄距離間折射。如果運氣好，太陽光線的角度恰到美妙時，陽光可以照到地上，亮出耀眼奪目的白光。如果天時地利配合得天衣無縫，會看到更美麗的純粹的天藍色，不過這是非常奢侈的希望，可遇不可求。我從一條長廊走出，轉頭又看到另一條長廊。每次以為已經到盡頭時，另一道藍色的布帶轉到另一方向依然掛在天上。我努力跑過長長的道路，拼命要跑到天上藍帶的盡頭。不知道在什麼時候開始，我產生一個信念，總覺得天空不是一條藍色布帶，天空應該更闊更大。就是這個信念支持我義無反顧地向前走，只要一直往前跑，相信一定能夠找到出口。這條窄巷的盡頭是被一幢高樓阻擋，但這次天上的藍帶卻可以跨過高樓延續出去。我不再選擇尋找彎角轉向，我往盡處的高樓跑去，不顧一切地衝過去。前無去路，我快要碰壁之際，牆壁上原來有一條黑暗的隧道，這個發現令我莫名的興奮，加快腳步全速跑去隧道的盡頭。我心想，成功了！我以為我可以走出城市迷宮。

誰料門外竟是一遍參天巨木森林。四周被樹木包圍，野草叢生，沒有一條清晰的路。四面八方都長得一模一樣，我根本分不清楚那邊是前方，那邊是後面。我檯頭望天，高聳入雲的樹木如巨網跨天，佈滿密密麻麻的樹葉。天空被樹葉打得體無完膚，傷痕累累。我呆望藍色斑點般的天空，我分辨不到方向。我閉上眼睛感受，聆聽著世界。風吹樹葉的沙沙作響，樹葉抖顫時陽光斷斷續續穿過葉片間照下的閃動光影⋯⋯我感受到暖暖的陽光，我閉上的眼睛感覺到陽光的方向。一片片閃閃的亮光透過我的眼簾進入我雙眼的視網膜，看到眼皮上透出的淡淡的粉肉色的光。陽光是在我的右前方照射下來，我心裡決定追著太陽的方向去。我向太陽的方向睜開眼睛，突然眼前的樹木好像懂得移動，一條長長的林蔭大道出現，滿地黃葉堆積，兩旁樹幹筆直，現在天空如一道零碎但延續的藍色斑點長帶子。我毫不猶豫地往前跑，刮起的枯葉隨風飄散，藍天引領我往太陽的方向前進。跑了不知多少時間，太陽仍然在我前方，天空仍然依舊。突然天空一片漆黑，我環顧四周，原來我走進了一個山洞，無盡的黑暗使我心生畏懼，我欲掉頭往回走，誰料回頭看見背後竟然同樣是一條長長的黑洞。我再次閉上眼睛，沉著呼吸，慢慢適應黑暗的環境。睜開眼睛，隱約看到前面遠處的一點暗光，我小心翼翼地摸黑向著那光源進發。盡頭處被亂石堵塞，只留下一道小孔透出另一面的光明。我竭力移動堆疊的石頭，光芒越來越大地透過石隙照耀過來。我連搬帶掘，開闢了一條小小通道，足夠我一個人的身軀匍匐前進。

通道的另一邊，是一個龐大的岩洞，高高洞頂開了一個近圓的天窗。陽光從洞頂照下，一道光芒造成虛幻的高牆斜台，引領我向天上進發。現在天空是一個藍色的圓形。我依靠天上下來的光線，沿著岩洞壁爬上洞頂。初時的洞壁徒步可行，越走得高洞壁越傾斜，越來越難走，然後要四肢並用爬行才能前進。不知不覺已經爬到山洞大半的高度，藍色的圓形變得較大。但是眼前的峭壁反向呈弧形收進洞頂，現在只可以用雙手攀爬，我整個人懸掛在半空中，雙手要承受我全身的重量。只有一個出口在天上，一不小心或乏力支持我就會掉下洞底深淵，粉身碎骨。突然產生膽怯想退縮，但是回頭路更難走。騎虎難下，只有咬緊牙根拼死向上。終於我爬到山洞頂，我伸頸望出洞口，看到的藍天一望無際，穹蒼之下天地只有一綫分隔。天空真的很廣闊，終於我的信念帶領我走出了這個迷宮。我坐在山洞頂的邊緣，遙望天邊海角，呆望蔚藍天空，看著飛鳥自由自在地飛翔。似曾相識的感覺，我的靈魂出竅跟著飛鳥自由翱翔天際。我轉身看到洞口的另一端，一個少女突然出現，她非常脫俗美麗。她仰望天空。我好奇地朝她望著天空的方向，有東西從穹蒼急速下降，有如獵鷹準確盯著獵物俯衝攻擊目標。那東西越來越接近，看清楚一點，原來是一個人，一個血肉軀體的人，我驚訝原來人真的可以在天空飛行。那麼我也應該是可以的，當我充滿自信澎湃著滿滿的力量時，我看到在天上飛的那個人居然是……我。

完

寫在《香港孤兒》後面的話

梁倉

2011年跟朋友聊天時，大家決定要寫點東西。她寫電影劇本，我寫小說。後來她把電影劇本寫完，電影也拍成而且在香港上映了，今年還安排全國播映。但我的小說才剛剛完成。當我的靈魂振翅飛翔天際之時，我的軀體仍然在地上慵懶貪睡停滯不前。終於在這天，我這個身軀完成靈魂這次寄托的任務了。當我曾經感受到靈魂的自由，我不得不承認對身體更加討厭和憎恨。如果高於四維的世界存在，我絕對相信我的靈魂必然在高維中自由飛翔，看破這個低層次的四維世界，不斷努力向活著在這裡的肉體暗示人生。

我相信很多人希望擁有預知未來的能力，因為可以避免做錯誤的選擇而後悔。但我們卻活在三維空間世界裡，時間是直線流動不可逆轉，這是宿命。我被困在這個時間定律的命運裡中。過去了，不能回頭改變；將來的，我沒法預測，只能活在當下。多麼悲哀的人類，永遠活在惶恐和遺憾之中。假如我是第五維世界的生物，四維世界如一張紙，我可以任意畫上一點，代表我可以隨便走進人生的任何一個時間，而時間與時間可以藉著摺疊紙張般連接起來。那麼，我便沒有過去、現在、將來的觀念。那麼什麼預知未來的能力也沒有特別好處。那時，我會怎樣生活？

因為我活在有時間定律的宿命中，我就成了悲劇英雄，依性格而作出的決定，成為不可迴轉的宿命。這樣想，人生就充滿了趣味，短暫、唯一、激情、感動。這可能天使也會羨慕，連造物主宰也不能體會和明白的人類感情！

感謝居住在廣州的內蒙古作家千夫長老師賜名——梁倉，古代存放稅收的地方，精神食糧的文學倉庫。多麼有意思的名字，成為代表我文學作品的筆名，使我在文學創作上有一個美好的起步點。

2017年3月1日

寫於香港

NOVEL 098

書名：香港孤兒

作者：梁倉

編輯：Angie Au

封面設計：梁倉創意有限公司

內文設計：4res

出品：夢昇華集團有限公司

出版：紅出版（青森文化）

地址：香港灣仔道133號卓凌中心11樓

出版計劃查詢電話：(852) 2540 7517

電郵：editor@red-publish.com

網址：http://www.red-publish.com

香港總經銷：香港聯合書刊物流有限公司

台灣總經銷：貿騰發賣股份有限公司

地址：新北市中和區中正路880號14樓

電話：(866) 2-8227-5988

網址：http://www.namode.com

出版日期：2017年7月

圖書分類：小說

ISBN：978-988-8437-75-7

定價：港幣78元正／新台幣310圓正